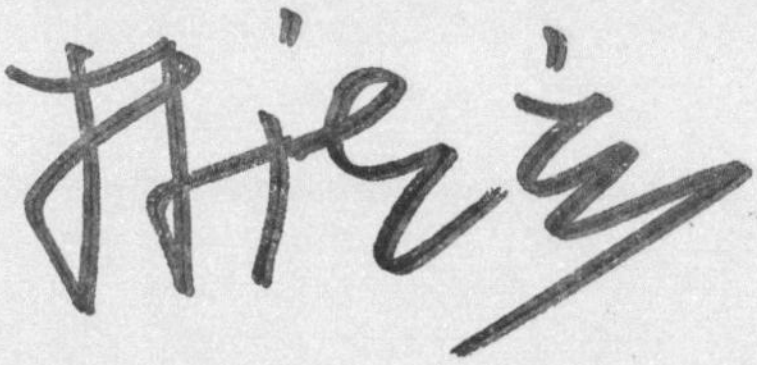

人生不乐复何如

林清玄 著

北京时代华文书局

人生不乐

复何如

林清玄

人生不乐复何如

林清玄

简单 安静 从容

“活在当下”看来是寻常言语，实际上是一种极为勇迈的精神，是把“过去”与“未来”做一截断，使心思处在一心一境的状态，一个人如果能每时每刻都处于一心一境，就没有什么困难能牵住他，也没有什么痛苦能动摇他了。

不只喝茶是“一生一会”的事，在广大的时空中，在不可思议的因缘里，与有缘的人相会面，都是一生一会的。如果有了最深刻的珍惜，纵使会者必离，当门相送，也可以稍减遗憾了。

人生里的跌倒与失败，几乎是必然的，跌倒的价值是使人坚强，失败的意义则是让我们更珍惜人生。一个人如果学会跌倒，学会认识失败，等于是学会人生的一半了。

不怕跌倒，不畏失败，就能生起一些从容。

从容，是老天送给内心有空间的人最好的礼物。

重要的生活

生命中有许多非常重要，却一点也不紧急的事。

像每天放松地静心，从容地冥想。

像愉快地吃一顿饭，品尝茶的芳香。

像在山林海边散步，欣赏山色与云的变化。

像听雨听泉听音乐，读人读爱读闲书。

像陪父母谈昔日温馨的往事，听孩子说童稚的笑话。

“人生不如意事十常八九”，但扣除八九成的不如意，至少还有一二成是如意的、快乐的、欣慰的事情，我们如果要过快乐人生，就要常想那一二成好事，这样就会感到庆幸、懂得珍惜，不至被八九成的不如意所打倒了。

所谓“独乐”是一个人独处时也能欢喜，有心灵与生命的充实，就是一下午静静地坐着，也能安然；所谓“独醒”是不为众乐所迷惑，众人都认为应该过的生活方式，往往不一定适合我们，那么，何不独自醒着呢？

什么是重要的生活？陪着爱人散步，躺在草地上看星星，一个小孩有没有幽默感，懂不懂得爱和宽容，这些是重要的。而每天着急上班、学习、考试，是紧急的。当人整天在紧急的事情里面打转的时候，“琴棋书画诗酒花”就会变成“柴米油盐酱醋茶”，要学会腾出一些空间，进入“重要的生活”。

什么是浪漫？“浪费时间慢慢吃饭，浪费时间慢慢走，浪费时间慢慢喝茶……这些都是浪漫”，浪漫其实就是创造一种时空、一种感受、一种向往，一种理想，在你的世俗土地上开出一朵玫瑰花。

生活的本身是值得庆喜的

如果你现在问我什么是成功，我会说，今天比昨天更慈悲、更智慧、更懂爱与宽容，就是一种成功，如果每天都成功，连在一起就是一个成功的人生。不管你从哪里来，要去到哪里，人生不过就是这样，追求成为一个更好的、更具有精神和灵气的自己。

在顺境之时，要使生活有风采。在逆境之时，要不散乱，保持静心。

但不论如何，生活的本身是值得庆喜的吧！

夜里散散步，捡拾落下的松果，思念远方的朋友，回想生命的种种美好经验，这平淡无奇的生活，自有一种清明、深刻和远大呀！

请把开心当成一种习惯吧！

幸福，常常是隐藏在平常的事物中，只要加一点用心，平常事物就会变得非凡、美好、庄严了。只要加一点心，凡俗的日子就会变得可爱、可亲、可想念了。

我们走过的每一步不一定是完美的，但每一步都有值得深思的意义。

世间最美丽的表情就是微笑，如果你天天想拥有世间最美丽的表情，那么请把开心当成一种习惯吧！

有了快乐的思想，同样是在人生里砌砖，心里会多了一份喜悦、安详、庄严。

为快乐的思想砌砖，第一步是要喜爱自己，“要对自己有极大的尊重心”，以及“对自己的生命、心意、身体，有深深的感激之意”。

生命里有许多正向时刻，也有许多负向时刻，一个人快乐的秘诀，便是抓住那正向的时刻，使它更充盈；转化负向的时刻，使它得到清洗。

想要“从心笑起”，大概要具备几个基本的素质：一是游戏的心情，二是包容的胸怀，三是幽默的态度。

目录 • CONTENTS

随遇而安，生活在静处

3

Chapter

目录 • CONTENTS

心如晴窗，风轻云淡

4 • Chapter

让开心成为一种习惯

5 • Chapter

阳光
照在
我们身上

6

Chapter

「活在当下」也就是

「快乐来临的时候就享受快乐，

痛苦来临的时候就迎向痛苦」，

在黑暗与光明中，

既不回避，也不逃离，

以淡然自然的态度来面对人生。

1 · Chapter

心有明珠，一生从容

快乐地活在当下

报社的记者来访问，突然问起："林先生有什么座右铭呢？"

我的座右铭，通常用3M的便条纸写一些当日的注意事项，于是撕几张下来给记者小姐看：

"出去时，别忘了买苜蓿芽。"

"欠讲义的稿件，今日写。"

"缴房屋贷款。"

"帮亮言买毛笔。"

我说："你看，我有这么多的座右铭。"

记者笑起来："林先生真爱开玩笑，我是说真正的座右铭。"

"什么是真正的座右铭呢？"

"就是刻在心里，时时用来规范和激励自己的一句话。"

这倒使我陷入困境了，因为我并没有一个真正的座右铭，如果勉强说有，就是我时常拿来实践的一句话："快乐地活在当下。"

"活在当下"是禅宗的语言，是说人应该放下过去的烦恼、舍弃未来的忧思，把全副的精神力用来承担眼前的这一刻。失去此刻就没有下一刻，不能珍惜今生也就无法向往来生了。

"活在当下"也就是"快乐来临的时候就享受快乐，痛苦来临的时候就迎向痛苦”，在黑暗与光明中，既不回避，也不逃离，以淡然自然的态度来面对人生。

我把“活在当下”加了“快乐地活在当下”，是除了承担之外，希望有期许、有愿望、有好的心情，不只坦然和自然，还希望能扭转此时此刻的生活，使自己永保喜悦之心。

这可以说是我的座右铭，因此欠的稿件，要欢喜地写；缴房屋贷款，要欣然地缴；苜蓿芽和毛笔，都要高兴地去买。

我的桌边依然贴着许多条子，只有“快乐地活在当下”不用张贴于座右，因为那正是我生命的态度。

有时，
人的一生只为了某一个特别的相会。

一生一会

我喜欢茶道里关于“一生一会”的说法。

意思是说，我们每次与朋友对坐喝茶，都应该生起很深的珍惜，因为一生里能这样地喝茶，可能只有这一回，一旦过了，就再也不可得了。

一生只有这一次聚会，一生只有这一次相会，使我们在喝茶的时候，会沉入一种疼惜与深刻，不至于错失那最美好的因缘。

生命虽然无常，但并不至于太短暂，与好朋友也可能会常常对坐喝茶，但是每一次的喝茶都是仅有的一次，每一日相会都和过去、未来的任何一次不同。

“有时，人的一生只为了某一个特别的相会。”这是我喜欢的写了送给朋友的句子。

与喜欢的人相会，总是这样短暂。可是为了这样短暂的相会，我们已经走过人生的漫漫长途，遭受过数不清的雪雨风霜，好不容易，熬到在这样的寒夜里，和知心的朋友深情相会。仔细思索起来，从前那走过的路途，不都是为了这短短的数小时做准备吗?

这深情的一会，是从前四十年的总成。

这相会的一笑，是从前一切喜乐悲辛的大草原，开出的最美的花。

这至深的无言，是从前有意义或无意义的语言之河累积成的一朵洁白的波浪。

这眼前的一杯茶，请品尝，因为天地化育的茶树，就是为这一杯而孕生的呀!

我常常在和好朋友喝茶的时候，心里就有了无边的想象，然后我总是试图把朋友的脸容一一收入我记忆的宝盒，希望把他们的言语、眼神、微笑全部典藏起来，生怕在曲终人散之后，再也不会有相同的一会。

“一生一会”的说法是有点幽凄的，然而在幽凄中有深沉的美，使我们对每一杯茶、每一个朋友，都愿意以美与爱来相付托、相赠予、相珍惜。

不只喝茶是“一生一会”的事，在广大的时空中，在不可思议的因缘里，与有缘的人相会面，都是一生一会的。如果有了最深刻的珍惜，纵使会者必离，当门相送，也可以稍减遗憾了。

因此，茶道的“一生一会”，说的不只是相会之难，而是说，若有了最深的珍重与祝福，就进入了“道”的境界。

一心一境

小时候，我时常寄住在外祖母家，有许多表兄弟姐妹，每次相约饭后要一起去玩，吃饭时就不能安心，总是胡乱地扒到嘴里咽下，心里尽想着玩乐。

这时，外祖母就会用她的拐杖敲我们的头说："你们吃那么快，要去赴死吗？"

这句话令我一时呆住了，然后她就会慢条斯理地说："吃那么紧，怎么会知道一碗饭的滋味呀！"当时深记着外祖母的话，从此，吃饭便十分专心，总是好好吃了饭再出去玩。

从前不觉得这两句话有什么了不起的地方，长大以后，年岁日长愈感觉这两句寻常的话有至理在焉，这不正是禅宗祖师所说的"吃饭时吃饭，睡觉时睡觉"那种活在当下的精神吗？

"活在当下"看来是寻常言语，实际上是一种极为勇迈的精神，是把"过去"与"未来"做一截断，使心思处在一心一境的状态，一个人如果能每时每刻都处于一心一境，就没有什么困难能牵住他，也没有什么痛苦能动摇他了。

一心一境是疗治人生的波动、不安、痛苦、散乱最有效也最简易的方法，因为人的乐受与苦受虽是感觉真实，却是一种空相，若能安住于每一个当下，苦受就不那样苦，乐受也没有那么乐了。可惜的是，人往往是一心好几境（怀忧过去，恐慌未来），或一境生起好几种心（信念犹如江河，波动不止），久而久之，就被感受所欺

吃饭、睡觉、喝茶，
看来是人生小事，
却能由一心一境在平凡中见出不凡，
也就能以实践的态度契入生活，
而得到自在。

瞒，不能超越了。

不能活在一心一境之中，那是由于世人往往重视结局，而不重视过程，很少人体验到一切的过程乃是与结局联结的。一个人如果不能在吃饭时品味米饭的香甜，又何以能深刻地品味人生呢？一个人若不能深入一碗饭，不知蓬莱米、在来米，甚至糯米的不同，又如何能在生命的苦乐中有更深切的认识？

因此吃饭、睡觉、喝茶，看来是人生小事，却能由一心一境在平凡中见出不凡，也就能以实践的态度契入生活，而得到自在。

曾经有人问一位禅师："什么是解脱痛苦最好的法门？"

禅师说："在痛苦时就承受痛苦，在该死的时候就坦然地死，这便是解脱痛苦最好的法门。"

痛苦或死亡是人人所不愿见到或遇到的，但若不能深刻品味痛苦，何尝能知道平安喜乐的滋味？若不能对死亡有所领会，又如何能珍惜活着的时候呢？

又有一位禅师问门人说："寒热来时往何处去？"

门人说："向无寒暑处去！"

禅师说："冷时冻死你，热时热死你！"

这世界原来并没有一个无寒暑的地方可以逃避生之恸，因此最好的方法是水里来、火里去，不避于寒热，寒热自然就莫可奈何了！这也是一心一境。时人的苦恼就是寒冷的时候怀念暑天，到了真正热的时节，又觉得能冷一些就好了。晴天的时候想着雨景之美，雨季来临时，又抱怨没有好的天色，因此，生命的真味就被蹉跎了。

一心一境是活在每一个眼前的时节，是承担正在遭受的变化不定的人生，那就像拿着铁锤吃核桃，核桃应声而裂。人生的核桃或有乏味之时，或有外表美好、内部朽坏的，但在每一个下锤的时节都能怀抱美好的期待。

当然，人的生命历程如果能像苏东坡所说的"无事以当贵，早寝以当富，安步以当车，晚食以当肉"，那是最好的情况，可惜在现代社会里几乎没有无事、早寝、安步、晚食的人了。因此如何学习以“一心一境”的态度生活，就变得愈发可贵。

《春渚纪闻》里苏东坡还说：“处贫贱易，耐富贵难。安劳苦易，安闲散难。忍痛易，忍痒难。人能安闲散，耐富贵，忍痒，真有道之士也。”这是苏东坡的至理名言，但我的看法有些不同，我觉得要处贫贱、安劳苦、忍痛苦都是一样难的，唯有一心一境的人，能贫富、劳闲、痛痒，皆一体观之，这才是真正的“有道”。

活在每一个过程，这是真正的解脱，也是真正的自在，“吃饭时吃饭，睡觉时睡觉”的禅语也可以说“痛苦时痛苦，快乐时快乐”。这使我想起元晓大师说的话，他说：“纵使尽一切努力，也无法阻止一朵花的凋谢。因此在花凋谢时好好欣赏它的凋谢吧！”人生的最大意义不在奔赴某一目的，而是在承担每个过程。

有一次在报纸上看到汽车广告说：“从零加速到一百公里每小时的速度，只要六秒钟！”这广告使我想起外祖母的话：“你驶那么紧，要去赴死呀！”

活在苦中，活在乐里；活在盛放，也活在凋谢；活在烦恼，也活在智慧；活在不安，也活在止息。这是面对苦难的生命最好的方法。

一生从容

当今之世，

人要活下去，

也是不容易的。

能有点文学艺术修养，

才能活得从容些。

——台静农

在孙中山纪念馆，每逢假日，总有许多青少年溜直排滑轮，还有一些教练免费指导。

我喜欢看人溜直排滑轮，因为它充满了力、美与速度，如果再年轻几岁，我也想来学溜滑轮。

散步的时候，只要路过孙中山纪念馆，都会转进去看人溜滑轮，我最喜欢在入口的地方，看教练教导初学滑轮的人。

教练的开场白经常是："溜滑轮最重要的是要先学会跌倒，如果我们懂得跌倒而不受伤，就不会害怕跌倒，学会溜滑轮就很快了。溜滑轮和骑自行车一样，一定会跌倒，不跌倒是不可能学会的。"

教练开始示范，高速跌倒时要如何翻滚，撞到东西时要如何闪避，失去平衡时

人生里的跌倒与失败，几乎是必然的，
跌倒的价值是使人坚强，
失败的意义则是让我们更珍惜人生。
一个人如果学会跌倒，学会认识失败，
等于是学会人生的一半了。

要先保护重要部位……

看着教练在那里不断地跌倒，我忍不住想："跌倒的学问可真大呀！"

接着，换学员练习跌倒，他们一个个穿戴整齐，有多种安全保护，头盔、护膝、护腕，等等，很像外星来的兵团在练习作战。

"一、二、三，扑倒！"

"一、二、三，前滚翻！"

"一、二、三，侧滚翻！"

"一、二、三，相撞！"

听着教练的指挥，学员不断地练习，看来非常有趣。学跌倒学得差不多了，教练问："还怕跌倒的，请举手！"

没有人举手。

"现在，可以自由带开，去溜滑轮了。"教练宣布。

一群人于是往空旷的广场溜去，仿佛射出去的箭。

每次，看人学跌倒，总使我深有感触，想到在实际的人生中，从来没有人教我们怎么去跌倒，也从未有人在一开始就告诉我们："你的感情会跌倒！你的学业会跌倒！你的事业会跌倒！你的人际关系会跌倒！因为人生和溜滑轮一样，一定会跌倒，不跌倒就不叫作人生！"

由于没有学过跌倒，在每一次跌倒时总是伤得很重，甚至个性比较刚烈的、比较要求完美的人，一跌倒就完了、绝望了、万念俱灰了。

当我们看到有些人为了极轻微的跌倒，就自伤、自残、自戕、自杀，做出比实际跌倒更严重百倍的自我凌虐时，内心总有深深的同情，在同情的时候又忍不住会问：为什么没有人教我们跌倒，为什么我们在成长的过程中没有学过跌倒?

我们总是告诉孩子："不要深陷感情的泥沼！"

却很少告诉孩子："在感情受伤时，正是显现风格的最好时机，要尊重别人的选择，要善待自己。"

我们总是说："要尽一切可能地追求成功！"

却很少说："在追求成功的路途上，要给自己留空间，给别人留余地！"

我们总是说："往前冲，什么都不用怕！"

却很少在往前冲时戴头盔、护膝、护腕，做好保护措施，并预先演练跌倒。

人生里的跌倒与失败，几乎是必然的，跌倒的价值是使人坚强，失败的意义则是让我们更珍惜人生。一个人如果学会跌倒，学会认识失败，等于是学会人生的一半了。

不怕跌倒，不畏失败，就能生起一些从容。

从容，是老天送给内心有空间的人最好的礼物。

当我沿街散步，看到美丽的街景，总会停步；看到动人的情景，也会驻足；随情随性地穿街过巷，然后回头看到人潮与车流，向不可知的地方奔赴，我总庆幸自己是个作家，有一些内在空间，有一些从容。

对我来说，写作就是希望的请帖，我只要每天拿这张请帖，就能立即抵达繁花似锦的彼岸。

对我来说，写作就是美好的安慰，我只要每天有新的思维，就能很快发现失败和跌跤的意义。

我不是那么烦恼，也不是那么在意！

我不会那么执着，也不会那么僵化！

我不想那么缓慢，也不想那么着急！

我不爱那么虚无，也不爱那么现实！

我已穿了文学的轮滑鞋，也跌倒过数回，我还会自由地去溜滑轮，比起昔年，我已学会了从容。

不紧急却重要的事

与朋友约好清晨一起去爬山，下山后到家里喝茶。

清晨出发前，突然接到他的电话："因为公司里有紧急的事，无法一起去爬山了。"

我只好像往常一样，单独去爬山。在最山顶处的石头坐定，看到台北东区的滚滚红尘，即使是清晨，在街头奔驰的汽车已经像接龙一样拥挤，从山上看起来，就像蝼蚁出洞。

这一群群的人、一排排的汽车，想必都是为了紧急的事在奔赴的吧！相较起来，像登山、喝茶这些事，真的是太不紧急了。

我们为了太多紧急的事，只好牺牲看来不甚紧急的事，例如为了加班，牺牲应有的睡眠；为了业绩，牺牲吃饭时间；为了应酬，不能陪妻子散步；为了谋取职位，不能与朋友喝茶。

确实，紧急的事不能不做，奈何人生里紧急的事无穷无尽，我们的一生大半在紧急的应付中度过，到最后整个生活步调都变得很紧急了。

生命中有许多非常重要，却一点也不紧急的事。

像每天放松地静心，从容地冥想。

像愉快地吃一顿饭，品尝茶的芳香。

像在山林海边散步，欣赏山色与云的变化。

像听雨听泉听音乐，读人读爱读闲书。

生命中有许多非常重要，却一点也不紧急的事。
像每天放松地静心，从容地冥想。
像愉快地吃一顿饭，品尝茶的芳香。
像在山林海边散步，欣赏山色与云的变化。
像听雨听泉听音乐，读人读爱读闲书。
像陪父母谈昔日温馨的往事，听孩子说童稚的笑话。

像陪父母谈昔日温馨的往事，听孩子说童稚的笑话。

……

重要的事也是说这不尽，却被紧急的事挤掉了空间，生命的空间有限，当全被紧急占满时，就像是一个停满了汽车却没有绿地的城市。

绿地是重要的，汽车是紧急的。

大树是重要的，大楼是紧急的。

白云是重要的，飞机是紧急的。

知足是重要的，欲望是紧急的。

宽心是重要的，医院是紧急的。

……

一个人如果在一天里花八个小时在追逐衣食与俗事上，是不是也能花八十分钟来思考重要的事呢？如若不行，就从八分钟开始。

八分钟的觉悟、八分钟的静心、八分钟的专注、八分钟的放松、八分钟的忘我、八分钟的天人合一、八分钟的守真抱朴。

生命必会从这八分钟改变，每天的生活也就从容而有情趣了。

荷花之心

偶尔会到植物园看荷花，如果是白天，赏荷的人总是把荷花池围得非常拥挤，生怕荷花立即就要谢去。

还有一些人到荷花池畔来写生，有的用画笔，有的用相机，希望能找到自己心目中最美丽的一角，留下一个不会磨灭的影像，在荷花谢去之后，能回忆池畔夏日。

有一次遇见一群摄影协会的摄影爱好者，到了荷花池畔，训话一番，就地解散，然后我看见了胸前都背着几部相机的摄影爱好者，如着魔一般地对准池中的荷花猛按快门，有时还会传来一声吆喝，原来有一位摄影者发现一个好的角度，呼唤同伴来观看。霎时，十几位摄影的人全集中在那个角度，大雷雨一样地按下快门。

约莫半小时的时间，领队吹了一声哨子，摄影者才纷纷收起相机集合，每个人都对刚才的荷花摄影感到十分满意，脸上挂着微笑，移师到他们的下一站，再用镜头去侵蚀风景。

这时我吃惊地发现，池中的荷花如同经历一场噩梦，从噩梦中活转过来。就在刚才摄影者吵闹俗恶地摄影之时，荷花垂头低眉沉默不语地抗议，当摄影者离开后，荷花抬起头来，互相对话——谁说植物是无知无感的呢？如果我们能以微细的心去体会，就会知道植物的欢喜或忧伤。

真是这样的，白天人多的时候，我感到荷花的生命之美受到了抑制，躁乱的人声使它们沉默了。一到夜晚，尤其是深夜，大部分人都走光，只留下三两对情侣，这时独自静静地坐在荷花池畔，就能听见众荷从沉寂的夜中喧哗起来，使一个无人的荷花池，比有人的荷花池还要热闹。

尤其是几处开着睡莲的地方，白日舒放的花颜，因为游客的吵闹累着了，纷纷闭上眼睛，轻轻睡去。睡着的睡莲比未睡的仿佛还要安静，包含着一些没有人理解的寂寞。

在睡莲池边、在荷花池畔，不论白日黑夜都有情侣在谈心，他们是以赏荷为名来互相欣赏对方心里的荷花开放。有时我看见了，情侣自己的心里就开着一个荷花池，在温柔时沉静，在激情时喧哗，始知道，荷花是开在池中，也开在心里。如果看见情侣在池畔争吵，就让人感觉他们的荷花已经开到秋天，即将留得残荷听雨声了。

夏天荷花盛开时，是美的。荷花未开时，何尝不美呢？因为所有的落叶还带着嫩稚的青春。秋季的荷花，在落雨的风中，回忆自己一季的辉煌，也有沉静之美。到冬天的时候已经没有荷花，还看不看得见美呢？当然！冬天的冷肃让我们有期待的心，期待使我们处在空茫中也能见到未来之美。

一切都是美的，多好！

最真实的是，不管如何开谢，我们总知道开谢的是同一池荷。

看荷花开谢，看荷畔的人，我总会想起禅宗的一则公案。有一位禅者来问智门禅师："莲花未出水时如何？"智门说："莲花。"

禅者又问："出水后如何？"

智门说："荷叶。"

——如果找到荷花真实的心，荷花开不开又有什么要紧？我们找到自己心中的那一池荷花，比会欣赏外面的荷花重要得多。

在无风的午后，在落霞的黄昏，在云深不知处，在树密波澄的林间，乃至在十字街头的破布鞋里，我们都可以找到荷花之心。同样的，如果我们无知，即使终日赏荷，也会失去荷花之心。

这就是当我们能反观到明净的自性，就能“竹密无妨水过，山高不碍云飞”，就能在山高的林间，听微风吹动幽微的松树，远听，近闻，都是那样的好！

得意的一天

宗镜门下万株松，长年占断白云封。

人间未许闲相识，一枝迸出笑春风。

——小山宗书禅师

现在有很多人感慨：生活愈来愈忙了！有一首流行歌曲叫《忙与盲》，说到现代人的处境，“忙得分不清欢喜和忧伤，忙得没有时间痛哭一场”，真是非常贴切。

我一向觉得中国字造得好，“忙”与“盲”拆开来看就是“亡心”与“亡目”，串起来说就是“现代人忙到失去了自己的心和眼睛”。心是用来觉受的，眼是用来观照的，那么我们可以说，现代人逐渐失去觉受与观照之力了。

我有一个朋友曾做过这样的实验，拿一斤的米分别给六十岁、三十岁、十五岁的几个人提提看，六十岁的老人可以非常准确地说：“这是一斤米。”三十岁的人则不准确，有的说是半斤，有的说是六两。十五岁的孩子往往连提也不想提，有的甚至还问：什么是一斤？——这就是觉受能力的失去。

另一个实验是拿一个接近圆形的椭圆形物体给同一组人看，六十岁的人一眼就看出是物体是椭圆形的，三十岁的人模棱两可，十五岁的人则往往看成圆形。——这就是观照能力的失去。

得其意于一刹那，
才能得其意于一天，
才能得意于一生、得意于永生永世。

为什么愈是年轻的人愈是缺乏觉受与观照能力呢？原因是忙。由于忙，使个人的心性浮动，久了就使天生的觉照变得薄脆了，这种薄脆便是“盲”，是生命走向觉悟之路的盲点。

忙与盲在经典里都是有的，《往生礼赞偈》里把六道众生奔走钻营、茫然无定叫作“忙忙六道”，有一首《日没无常偈》就说：

人间匆匆营众务，不觉年命日夜去。

如灯风中灭难期，忙忙六道无定趣。

未得解脱出苦海，云何安然不惊惧？

各闻强健有力时，自策自励求常住。

经典里的“盲”是指众生昏昧暗冥，被无明烦恼所覆蔽，没有见理之明、无法理解智慧。《法华经》中说：“以贪爱自蔽，盲瞑无所见。”人的盲目来自贪爱，贪爱使人心亡而忙，因此“忙”与“盲”是交相生发的。

修行者也有盲点，那些执着于修定而不研究教法，暗于智解又骄慢自是的禅徒，被智顗大师在《摩诃止观》中称为“暗证禅师”，又叫“盲禅者”“暗禅比丘”。

忙碌使人盲目，忙碌也来自于盲目。想一想，就在二十年前，一般人一天只做一两件事，播种就是播种，搓草就是搓草，现在的人一天里谁不做七八件事呢？于是东西南北、南北西东，生命为之蹉跎，心意也愈来愈不能专一了。

禅者对生活专一的融入，对现代人的“忙”“盲”是有帮助的。我们可以做这样的训练，找一天对自己说：“我今天下午只要做听音乐这件事。”或者种花，或者散步，或者读书，或者深呼吸，然后把半天或一天都沉入那件事情的专心之中，让自己融入，放松我执，那么必然可以得意于言外，得鱼而忘筌。

如果我们在生命中曾有一个整日都融入于音乐之中，我们才会知道音乐多么美妙，才会体验生命如此难得。得其意于一刹那，才能得其意于一天，才能得意于一生、得意于永生永世。

春华难得，夏叶难得，秋实难得，冬雪难得，生命的每一天都很难得，但如果忙到看不见春夏秋冬，还谈什么难得呢?

禅心的启悟是在得其意，而意在言外，言外的事物在忙碌中、在盲目中怎能求得呢?

常想一二

朋友买来纸笔砚台，请我题几个字让它挂在新居客厅补壁。

这使我感到有些为难，因为我自知字写得不好看，何况已经有很多年没写书法了。

朋友说："怕什么？挂你的字我感到很光荣，我都不怕了，你怕什么？"

我便在朋友面前展纸、磨墨，写了四个字："常想一二"。

朋友说："这是什么意思？"

我说："意思是说我字写得不好，你看到这幅字，请多多包涵，多想一二件我的好处，就原谅我了。"

看到我玩笑的态度，朋友说："讲正经的，到底是什么意思？"

"俗语说：'人生不如意事十常八九'，我们生命里面不如意的事占了绝大部分，因此，活着本身是痛苦的。但扣除八九成的不如意，至少还有一二成是如意的、快乐的、欣慰的事情，我们如果要过快乐人生，就要常想那一二成好事，这样就会感到庆幸、懂得珍惜，不至被八九成的不如意所打倒了。"

朋友听了，非常欢喜，抱着"常想一二"回家了。

几个月之后，他来探视我，又来向我求字，说是："每天在办公室里劳累受气，一回家之后看见那幅'常想一二'就很开心，但是墙壁太大，字显得太小，你再写几个字吧！"

对于好朋友，我一向有求必应，于是为"常想一二"写了下联："不思八九"，上面又写了"如意"的横批，中间随手画一幅写意的莲花。

没想到过几个月，我再婚的消息披露报端，引起许多离奇的传说与流言的困扰，朋友有一天打电话来，说他正坐在客厅我写的字前面，他说："想不出什么话来安慰你，念你自己写的字给你听：常想一二，不思八九，事事如意。"

接到朋友的电话使我很感动，我常觉得在别人的喜庆里锦上添花容易，在别人的苦难里雪中送炭却很困难，那种比例，大约也是"八九"与"一二"之比。不能雪中送炭的不是真朋友，当然更甭说那些落井下石的人了。

不过，一个人到了四十岁后，在生活中大概都锻炼出宠辱不惊的本事，也不会在乎锦上添花、雪中送炭或落井下石了。那是因为我们早已经历过生命的痛苦与挫折，也经历了许多情感的相逢与离散，慢慢地寻索出生命中积极的、快乐的、正向的观想，这种观想，正是"常想一二"的观想。

常想一二的观想，乃是在重重乌云中寻觅一丝黎明的曙光，乃是在滚滚红尘中开启一些宁静的消息，乃是在濒临窒息时，有一次深长的呼吸。

生命已经够苦了，如果我们把几年的不如意事总合起来，一定会使我们举步维艰。生活与感情陷入苦境，有时是无可奈何的，但是如果连思想和心情都陷入苦境，那就是自讨苦吃，苦上加苦了。

在波涛汹涌的海上航行，我早已学会面对苦境的方法。

我总是想：从前万般的折磨我都能苦中作乐，眼下的些许苦难自然能逆来顺受了。

我从小喜欢阅读大人物的传记和回忆录，慢慢归纳出一个公式：凡是大人物都是受苦受难的，他们的生命几乎就是"人生不如意事十常八九"的真实证言，但他们在面对苦难时也都能保持正向的思考，能"常想一二"，最后他们超越苦难，苦难便化成生命中最肥沃的养料，是为了他们开启莲花所准备的。

使我深受感动的不是他们的苦难，因为苦难到处都有，使我感动的是：他们面对苦难时的坚持、乐观、与勇气。

原来"如意"或"不如意"，并不是决定于人生的际遇，而是取决于思想的瞬间。

纯心走天下

在市场边，看到一位面目和善的老太太，一身朴素的蓝衣，面前两只篮子，沉默地坐着。

一眼就能看出这老太太并非市场摆摊子的小贩，我便走过去，看她篮子里放的是什么东西。

原来，老太太是茶山人，带着采茶的副产品茶油与茶块到市场贩售，贴补家用。

茶油是茶籽榨出的油，十分常见，但以茶籽渣压成的茶块，却已经有许久未见了。茶块的形状就像是普洱茶饼，是圆盘形的，大小也如普洱茶饼，颜色则清淡一些。早年的台湾乡间缺乏卫浴用品，茶块是最早的香皂，洗过之后，全身茶香，令人难忘。现在卫浴用品充实，价廉物美，茶块自然就被淘汰了，连住在茶山的人，自己也不用茶块。只是偶尔带下山，卖给特别念旧的人。

念旧与回味的代价是高昂的，老太太的茶块一个要卖一千元（台币），足足可以换一百块香皂。

我买了一个茶块，边走边回想起，在许多许多年前，用茶块洗头、洗脸、洗澡、洗脚、洗碗筷……的年代，茶块几乎是万能的。长途旅行的时候，塞一个茶块在包袱里，就可以走遍天下了。

一直到现在，中南部乡间都把“香皂”称为“茶块”，不知情的孩子拿着名叫

"茶块"的香皂洗浴，可能连真正的茶块都没有见过哩！

回归单纯的心

一个茶块可以衍生出多少东西呢？

我们走入大型的购物中心，洗发精少说也有数百种，洗碗精也是数十种，沐浴用的更细分为沐浴乳、浴盐、泡澡粉、香皂、温泉素，等等，每一种都有上百个品牌……

在眼花缭乱的同时，也使我们看到，这些庞杂无比的卫浴用品，其实是时代的一个显影，显示了我们时代的庞杂无比。在这样的时代里，要回归单纯的心，难度也当是前人的千万倍呀！

我想到老子的一句警语：为学日益，为道日损。

我们渐进累积地生活与学习，虽然对知识是有益的，对道的体认，非但无益，反成障碍。

人生的知识需要的是加法，但是人生的智慧需要的却是减法，老子更斩钉截铁地说："绝学无忧。"我们向外追求，希望能多学而致道，只是增加烦忧，对于以无心为要的道是完全无用的。

想要行脚天下，走过生之长路的人，行李愈少，走得愈远，愈为顺畅。

金银钻石虽是宝物，如果绑在大鹏的翅膀上，别说"挟泰山以超北海，抟扶摇而上云霄"，即使只飞三尺，也会振翅维艰。

在这个时代里，单纯的生活已渺不可得，但我们还是可以维持单纯的心，如庞蕴居士所说：

"身现凡夫事，内照自分明。"（每天做着像凡夫的俗事，内心的觉照却是清清楚楚）

临济义玄曾经告诉弟子：

“佛法无用功处，只是平常无事，屙屎送尿，着衣吃饭，困来即卧，愚人笑我，智乃知焉！”（那些日常里的事，愚笨的人看我是凡夫而取笑我，只有智者才知道呀）

知道什么呢？知道我有一个纯粹的心，如庄子说：

“块然独以其形立，纷而封哉，一以是终。”（我的内心已经安定，在世事纷乱之中，我能抱着这种真一的心，不惑不移，不困不愚）

一株菊花都含有天地万物生生不息之理存在

用一百种沐浴用品清洁的人，并不会比单用一块茶块的人高级或时髦；

脑海里堆满了各种资讯的人，也不会比远离资讯的人深刻或广大；

一日说一万句话的人，更不一定比一天说十句话的人细腻或清晰；

……

或许是我们时代的悲哀吧！人们总是向往那些复杂的、多元的、常变的、热闹的，却放弃那些单纯的、一元的、不变的、宁静的生命情调。

我渴望反其道而行！

回到家里，我把老太太卖的茶块剥下一片，用水泡在小碟里。

仿佛我还是一个孩子，细心而欢愉地沐浴，用茶块洗了头脸、洗了身体、洗了手脚，感觉细致而滑润，全身都被茶香包围了。

包围我的不只是茶香。

我的耳边响起铃木大拙的话：

即使庭院中的一株菊花、一根树枝、一片花瓣、一滴露水，也都有禅与生命法理存在。并非这些事物显出神秘，才使得佛性照耀，本来一株菊花就具有天地万物生生不息之理！

茶块亦然呀！

柔软心

一

我多么希望，我写的每一个字、每一篇文章都洋溢着柔软心的香味，我的每一个行为都有如莲花的花瓣，温柔而伸展。

因为我深信，一个作家写字时，他画下的每一道线都有他人格的介入。

二

日本曹洞宗的开宗祖师道元禅师，传说他航海到中国来求禅，空手而来，空手而去，只得到一颗柔软心。

这是令人动容的故事，许多人认为道元禅师到中国求柔软心，并把柔软心带回日本。其实不然，柔软心是道元禅师本具的，甚至是人人本具的，只是，道元若不经过万里波涛，不到中国求禅，他本具的柔软心就得不到开发。

柔软心不从外得，但有时由外在得到启发。

三

学禅的人若无柔软心，禅就只是一种哲学，与存在主义无异。

柔软心并不是和稀泥一样的泥巴，柔软心是有着包容的见地，它超越一切、包容一切。

柔软心是莲花，因慈悲为水、智慧做泥而开放。

四

有人问我："为什么草木无心，也能自然地生长、开花、结果，有心的人反而不能那么无忧地过日子？"

我反问道："你非草木，怎么知道草木是无心的呢？你说人有心，人的心又在哪里呢？假若草木真是无心，人如果达到无心的境界，当然可以无忧地过日子。"

"凡夫"的"凡"字就是中间多了一颗心，刚强难化的心与柔软温和的心并无别异。

具有柔软心的人，即使面对的是草木，也能将心比心，也能与草木至诚地相见。

五

追鹿的猎师是看不见山的，捕鱼的渔夫是看不见海的。

眼中只有鹿和鱼的人，不能见到真实的山水，有如眼中只有名利权位的人，永远见不到自我真实的性灵。

要见山，柔软心要伟岸如山；要见海，柔软心要广大若海。

因为柔软，所以能包容一切，含摄一切。

六

人在遇到人生的大疑、大乱、大苦、大难时，若未被击倒，自然会在其中超越而得到“定”，因定而得到清明，由清明而能柔软。

在柔软中，人可以和谐、单纯，进而达至意识的统一。

野狐禅、口头禅，最缺乏的就是柔软心，有柔软心的禅者不会起差别，不会贬抑净土，或密宗，或一切宗派，乃至一切众生。

七

有欲念，就有火气；有火气，就有烦恼。

柔软心使欲念的火气温和，甚至消散，当欲念之火消散了，就是菩提。

从烦恼到菩提的开关，就是柔软心。

八

佛陀教我们度化众生，并没有教我们苛求众生。我们要度化众生应在心中对众生没有一丝丝苛求，只有随顺。众生若可以被苛求，就不会沦为众生了。

随顺，就是处在充满仇恨的人当中，也不怀丝毫恨意。

随顺，就是随着充满黑暗的世界转动，自己还是一盏灯。

随顺，就是看任何一个众生受苦，就有如自己受苦一般。

随顺，是柔软心的实践，也是柔软心点燃的香。

清净之莲

偶尔在人行道上散步，忽然看到从街道延伸出去，在极远极远的地方，一轮夕阳正挂在街的尽头，这时我会想：如此美丽的夕阳实在是预示了一天即将落幕。

偶尔在某一条路上，见到木棉花叶落尽的枯枝，深褐色的，孤独地站在街边，有一种萧索的姿势。这时我会想，木棉又落了，人生看美丽木棉花的开放能有几回呢？

偶尔在路旁的咖啡座，看绿灯亮起，一位衣着素朴的老妇，牵着衣饰绚如春花的小孙女，匆匆地横过马路，这时我会想：那年老的老妇曾经也是花一般美丽的少女，而那少女则有一天会成为牵着孙女的老妇。

偶尔在路上的行人在陆桥站住，俯视着在陆桥下川流不息，往四面八方奔窜的车流，却感觉到那样的奔驰仿佛是一个静止的画面，这时我会想：到底哪里是起点？而何处是终站呢？

偶尔回到家里，打开水龙头要洗手，看到喷涌而出的清水，急促地流淌，突然使我站在那里，有了深深的颤动，这时我想着：水龙头流出来的好像不是水，而是时间、心情，或者是一种思绪。

偶尔在乡间小道上，发现了一株被人遗忘的蝴蝶花，形状像极了凤凰花，却比凤凰花更典雅，我倾身闻着花香的时候，一朵蝴蝶花突然飘落下来，让我大吃一惊，这时我会想：这花是蝴蝶的幻影，或者蝴蝶是花的前身呢？

偶尔在静寂的夜里，听到邻人饲养的猫在屋顶上为情欲追逐，互相惨烈地嘶叫，让人的汗毛都为之竖立，这时我会想：动物的情欲是如此地粗糙，但如果我们站在比较细腻的高点来回观人类，人不也是那样粗糙的动物吗？

偶尔在山中的小池塘里，见到一朵红色的睡莲，从泥沼的浅地中昂然抽出，开出了一句美丽的音符，仿佛无视于外围的染着，这时我会想：呀！呀！究竟要怎么样的历练，我们才能像这一朵清净之莲呢？

偶尔我们也是和别人相同地生活着，可是我们让自己的心平静如无波之湖，我们就能以明朗清澈的心情来照见这个无边的复杂的世界，在一切的优美、败坏、清明、污浊之中都找到智慧。我们如果是有智慧的人，一切烦恼都会带来觉悟，而一切小事都能使我们感知它的意义与价值。

在人间寻求智慧也不是那样难的，最重要的是，使我们自己有柔软的心，柔软到我们看到一朵花中的一片花瓣落下，都使我们动容颤抖，知悉它的意义。

唯其柔软，我们才能敏感；唯其柔软，我们才能包容；唯其柔软，我们才能精致；也唯其柔软，我们才能超拔自我，在受伤的时候甚至能包容我们的伤口。

柔软心是大悲心的芽苗，柔软心也是菩提心的种子，柔软心是我们在俗世中生活，还能时时感知自我清明的泉源。

那最美的花瓣是柔软的，那最绿的草原是柔软的，那最广大的海是柔软的，那无边的天空是柔软的，那在天空自在飞翔的云，最是柔软！

我们心的柔软，可以比花瓣更美，比草更绿，比海洋更广，比天空更无边，比云还要自在。柔软是最有力量，也是最恒常的。

且让我们在卑湿污泥的人间，开出柔软清净的智慧之莲吧！

小千世界

安迪台风来访时，我正在朋友的书斋闲谈，狂乱喧嚣的风雨声不时透窗而来，一盏细小的灯花烛火在风中微明微灭，但是屋外的风雨愈大，我愈感觉到朋友书房的幽静，并且微透出书的香气。

我常想，在茫茫的大千世界里，每一个人都应该保有一个自己的小千世界，这小千世界是可以思考、神游、欢娱、忧伤，甚至忏悔的地方，应该完全不受到干扰，如此，作为独立的人才有意义。因为有了小千世界，当大千世界风雨如晦、鸡鸣不已之际，我们可以用清明的心灵来观照；当举世狂欢、众乐成城之时，我们能够超然地自省；当在外界受到挫折时，回到这个心灵的城堡，我们可以在里面得到安慰；心灵的伤口复原，然后做一次比以前更好的出发。

这个“小千世界”最好的地方无疑是书房，因为大部分人的书房里都收藏了无数伟大的心灵，这些心灵随时能来和我们会面。我们分享了那些光耀的创造，而我们的秘密还得以独享。我认为每个人居住过的地方都能表现他的性格，尤其是书房，因为书房是一个人最私密的地点，也是一个人灵魂的写照。

我每天大概总有数小时的时间在书房里，有时读书写作，大部分的时间是什么也不做，一个人静静地让想象力飞奔。有时想想一首背诵过的诗，有时回到童年家前的小河流，有时品味着一位朋友自远地带来给我的一瓶好酒，有时透过纱窗望着遥远的点点星光想自己的前生……几乎到了无所不想的地步，那种感应仿佛在梦中一样。

有一次，我坐在书桌前，看到书房的字纸篓已经满了出来，有许多是我写坏了的稿纸，有的是我已经使用过的笔记，全被揉皱丢在字纸篓里，而到后来我已经完全忘记了内容。我要去倒字纸篓的时候灵机一动，把那些我已经舍弃的纸一张张拿起来，铺平放在桌上，然后我便看见了自己一段生活的重现，有的甚至还记载着我心里最深处的一些秘密，自己看了都要脸红的一些想法。

后来我体会到“敬惜字纸”的好处，丢掉了字纸篓，也改正了从前乱丢字纸的习惯。书房的字纸篓都藏有这么大的玄机，缘着书架而上的世界，可见有多么地海阔天空了。

安迪台风来访那一夜，我在朋友家聊天到深夜才回到家里，没想到我的书房里竟进了水，那些还夹着残破树叶的污水足足有半尺高，我书架最下层的书在一夜之间全部泡汤。一看到抢救不及，心里紧紧地冒上来一阵纠结的刺痛，马上想到一位长辈：远在加州的许芥昱教授。他的居处淹水，妻儿全跑到了屋外，他为了抢救地下室的书籍资料，迟迟不出。直到儿子在大门口一再催促，他才从屋里走来。就在这时，他连人带房子及刚抢救的书籍资料一起被冲下山去，尸体发现在数十英里的郊野。

许芥昱生前好友甚多，我在美国旅游的时候，听到郑愁予、邓清茂、白先勇、于崇信、金恒炜都谈过他死的情形，大家言下都不免有些怅然。一位名震国际的汉学家，诗书满腹，却为了抢救地下室的书籍资料而客死异域，也确叫人长叹；但是我后来一想，假如许芥公逃出了屋外，眼见自己的数十年心血、自己最钟爱的书房被洪水冲走，那么他的心情又是何等地哀伤呢？这样想时也就稍微能够释然。

我看到书房遭水淹的心情是十分哀伤的，因为在书架的最底层，是我少年时期阅读的一批书，它虽然随着岁月褪色了，大部分我也阅读得熟烂了，然而它们曾经伴随我度过年少的时光，有许多书一直到今天还深深地影响着我。不管我搬家到哪里，总是带着这批我少年时代的书，不忍丢弃，闲时翻阅也颇能使我追想到过去那一段意气风发的日子，对现在的我仍存在着激励自省的作用。

这些被水淹的书中，最早的一本是一九五八年大众书局出版、吕津惠翻译的《少年维特的烦恼》，是我的大姊花五元钱买的，一个个看下来，如今传在我的手中。我是在初中一年级读这本书的。

随手拾起一些湿淋淋的书，有史怀哲的《非洲手记》、英格玛·柏格曼的《野草毒》、安德烈·纪德的《刚果记行》、阿德勒的《自卑与生活》、叔本华的《爱与生的苦恼》、田纳西·威廉的《甜蜜的青春鸟》、赫胥黎的《瞬息的烛火》、塞林格的《麦田守望者》、梅立克和普希金的小说，以及艾斯本的遗稿，总共竟有五百余册的损失。

对一个爱书的人，书的受损就像农人的田地被水淹没一样，那种心情不仅是物质的损失，而是岁月与心情的伤痕。我蹲在书房里看劫后的书，突然想起年少时展读这些书册的情景——书原来也是有情的，我们可以随时在书店里购回同样内容的新书，但书的心情是永远也买不回来了。

“小千世界”是每个人“小小的大千”，种种的纪录好像在心里烙下了血的刺青，是风雨也不能磨灭的；但是在风雨里把钟爱的书籍抛弃，我竟也有了黛玉葬花的心情。一朵花和一本书一样，它们有自己的心，只是作为俗人的我们，有时候不能体会罢了。

内外皆柔软

日本京都大仙寺的住持尾关宗园，是当代著名的禅师，也是有名的演说家。

由于对自己的经验极有信心，有一次他接受了一个中学的演讲邀约，并没有约定题目，他心想大概和平常一样，谈一些教化的演讲。

演讲当天，学校的老师开车来接他，他问学校的老师说：“请问今天演讲的题目是什么？”

老师说：“学校的毕业旅行准备参观大仙院和市内的主要寺院，所以想请你对学生谈谈京都的历史、古寺和名胜的由来。”

尾关宗园听了大吃一惊，非常紧张，手心出汗，一直发抖。

因为他对京都的历史、古寺、名胜的认识浅薄，实在没有内容可以告诉学生。

中学老师看他不知所措的样子，还笑着安慰他说：“你别想得太难，只要放轻松就可以了。”

尾关宗园内心直打寒战，眼前一片迷蒙，感觉到学校的路上时间好像一个世纪那么长，直到和学校校长、老师打招呼时，心里还在想：“我究竟该说些什么？”

他在毫无准备的情形下上台演讲，因为太紧张，上阶梯时，突然绊了一跤。

全场学生哄然大笑，这一笑，使他释然了，因为心想：“再也不会有比跌跤更糟的事了。”

于是，他说：“说真的，临时要我介绍京都的历史、古寺、名胜的由来，真是太难了，所以，我在半途就好想逃回去。”

学生又是一阵笑声，这次不是轻视的笑了。

尾关禅师完全释然放松，做了一次成功的演讲。

由于在讲台绊倒的那一跤，使他恢复了平常心，从“非这么做不可”转换成“这样做也可以”“那样做也可以”，本来因对立而产生的恐惧，也因为无心的跌跤而消失了。

这是尾关宗园在他的著作《大安心》中的一段回忆，他的结论是：“因为时钟的滴答声而睡不着，心里总是惦记着时钟的声音，这是一个缺乏安定感的自己。在不知不觉中睡着，而不在乎时钟的声音，就等于与它合而为一、变为一体了。”

平常心也是无心的妙用，心里想着“要睡一个好觉”的人，往往容易失眠；心里计划着“要有一个美好人生”的人，总是饱受折磨。

“外刚内柔”的人，一旦受到挫折，就容易走极端。

“外柔内刚”的人，则会自我挣扎，难以放松。

唯有内外都柔软，没有预设立场的人，才能一心一境，情景交融，达到一体心的境界。

我和尾关禅师一样，也常常去参加不知题目的演讲，也有惶恐、紧张的时候，我总是想到这句话就释怀了：

“再也不会有比跌跤更糟的事了。”

所谓美好的心灵，
就是能体贴万物的心，
能温柔对待一草一木的心灵。

2 · Chapter

人要活出一种美的意境

万物的心

每次走到风景优美、绿草如茵、繁花满树的地方，我都会在内心升起一种感恩的心情，感恩这世界如此优美、如此青翠、如此繁华。

我常觉得，所谓“风水好”，就是空气清新、水质清澈的所在。

所谓“有福报”，就是住在植物青翠、花树繁华的所在。

所谓美好的心灵，就是能体贴万物的心，能温柔对待一草一木的心灵。

我们眼见一株草长得青翠、一朵花开得缤纷，这都是非常不易的，要有好风水，好福报，受到美好心灵的照护，唯有体会到一花一草都象征了万物的心，我们才能体会禅师所说的“青青翠竹皆是法身，郁郁黄花无非般若”的真意——每一株竹子里都宝藏佛的法身，每一朵黄花里都开满了智慧呀！

这些我们所眼见的万象，看起来如此澄美幽静，其实有着非常努力的内在世界，每一株植物的根都忙着从地里吸收养料与水分，茎忙着输送与流通，叶子在进行光合作用，整株植物的每一个细胞都在大口地呼吸——其实，树是非常忙的，这种欣欣向荣正是禅宗所说的“森罗万象许峥嵘”的意思。

树木为了生命的美好而欣欣向荣，想要在好风好水中生活，建立生命的福报的人，是不是也要为迈向生命的美好境界而努力向前呢？

平静的树都能唤起我们的感恩之心，何况是翩翩的彩蝶、凌空的飞鸟，以及那些相约而再来的人呢？

好雪片片

在盛夏的信义路上，常常会看到一位流浪的老人，即使热到摄氏三十八度的盛夏，他也穿着一件很厚的中山装，中山装里还有一件毛衣。那么厚的衣物使他肥胖笨重有如木桶。平常他就蹲坐在街角，歪着脖子，看来往的行人，也不说话，只是轻轻地摇动手里的奖券。

很少的时候，他会站起来走动。当他站起，才发现他的椅子绑在皮带上，走的时候，椅子摇过来，又摇过去。他脚上穿着一双老式的牛伯伯打游击的大皮鞋，摇摇晃晃像陆上的河马。

如果是中午过后，他就走到卖自助餐摊子的前面一站，想买一些东西来吃，摊贩看到他，通常会盛一盒便当送给他。他就把吊在臀部的椅子对准臀部，然后坐下去。吃完饭，他就地睡午觉，仍是歪着脖子，嘴巴微张。

到夜晚，他会找一块干净挡风的走廊睡觉，把椅子解下来当枕头，和衣，甜甜地睡去了。

我观察老流浪汉很久了，他全部的家当都带在身上，几乎终日不说一句话，可能他整年都不洗澡的。从他的相貌看来，应该是北方人，流落到这南方热带的街头，连最燠热的夏天都穿着家乡的厚衣。

对于街头的这位老人，大部分人都会投以厌恶与疑惑的眼光，小部分人则投以同情。

我每次经过那里，总会向老人买两张奖券，虽然我知道即使每天买两张奖券，对他也不能有什么帮助，但买奖券使我感到心安，并使同情找到站立的地方。

记得第一次向他买奖券那一幕，他的手、他的奖券、他的衣服同样的油腻污秽，他缓缓地把奖券撕下，然后在衣袋中摸索着，摸索半天掏出一个小小的红色塑胶套，这套子竟是崭新的，美艳得无法和他相配。

老人小心地把奖券装进红色塑胶套，由于手的笨拙，使这个简单动作也十分艰困。

“不用装套子了。”我说。

“不行的，讨个喜气，祝你中奖！”老人终于笑了，露出缺几颗牙的嘴，说出充满乡音的话。

他终于装好了，慎重地把红套子交给我，红套子上写着八个字：“一券在手，希望无穷。”

后来我才知道，不管是谁买奖券，他总会努力地把奖券装进红套子里。慢慢我理解到了，小红套原来是老人对买他奖券的人一种感激的表达。每次，我总是沉默耐心等待，看他把心情装进红封套，温暖四处流动着。

和老人逐渐认识后，有一年冬天黄昏，我向他买奖券，他还没有拿奖券给我，先看见我穿了单衣，最上面的两个扣子没有扣。老人说：“你这样会冷吧！”然后，他把奖券夹在腋下，伸出那双油污的手，要来帮我扣扣子，我迟疑一下，但没有退避。

老人花了很大的力气，才把我的扣子扣好，那时我真正感觉到人明净的善意，不管外表是怎么样的污秽，都会从心的深处涌出。在老人为我扣扣子的那一刻，我想起了自己的父亲，鼻子因而酸了。

老人依然是街头的流浪汉，把全部的家当带在身上，我依然是我，向他买着无关紧要的奖券。但在我们之间，有一些友谊，装在小红套，装在眼睛里，装在不可测的心之角落。

我向老人买过很多很多奖券，从未中过奖，但每次接过小红套时，我觉得那一刻已经中奖了，真的是“一券在手，希望无穷”。我的希望不是奖券，而是人的好本质，不会被任何境况所淹没。

我想到伟大的禅师庞蕴说的：“好雪片片，不落别处！”我们生活中的好雪，明净之雪也是如此，在某时某地当下即见，美丽地落下，落下的雪花不见了，但灌溉了我们的心田。

随缘与任运

君但随缘得似风，飞沙走石不乖空。

但于事上通无事，见色闻声不用聋。

——佚名

李小龙尚未在电影圈成名时，在好莱坞教授武术。有一天教完武术，他和他的弟子，有名的剧作家史托宁·施利芳在一起喝茶聊天，谈到了“花费时间”和“浪费时间”的不同。

“花费时间是把时间花在某一个方式上，”李小龙首先开口，“在练功夫时，我们是花费时间，现在谈天，也是花费时间。浪费时间则是糊里糊涂或漫不经心地把时间耗掉。我们有时候把时间花费掉，有时候把时间浪费掉，至于花费或浪费，就全靠我们自己的选择了。无论如何，时间一过去，就永远不会回来了。”

“时间是我们最宝贵的商品，”史托宁同意，“我总是把时间分成无数的瞬间，交易或接触。任何人偷了我的时间，就等于偷了我的生命，因为他们正在取走我的存在。当我岁数变大时，我知道时间是我唯一剩下的东西。因此，有人拿着什么计划找我时，我就会估计该项计划将花掉我多少时间，然后问我自己：‘因为这个计划，我愿意从我所剩下的少数时间内，支取几个星期或几个月吗？它值得我花这么多时间吗？还是我只是在浪费时间呢？’如果我认为这计划值得我花时间，我就会去做。”

“我把同一尺度用在社会关系上。我不容许别人偷走我的时间，我不再广结天下豪杰，我只结交那些能够使我的时间过得愉快的朋友。在我的生命中，我空出若干必要的时刻，什么事也不做，但那是我的选择。我自己选择如何花费时间，而不盲从社会习俗。”

史托宁说完之后，李小龙望着天空，一会儿才问，是否可以借打电话。

当李小龙回来时，他微笑着说：“我刚才取消了一项约会，因为对方只是要浪费我的时间，而不是帮助我花费时间。”然后他很诚恳地对史托宁说，“今天你是我的老师。我首次知道我一直在跟某些人浪费掉多少时间，从前我从来没有想过他们是在取走我的存在。”

我一直很喜欢李小龙的这个故事，想到李小龙之所以只以很短的时间、少数几部电影就令人念念难忘，是因为除了他的电影和无数荣誉之外，他有一种敏于深思的气质。而这个故事告诉了我们一些关于禅的重要概念，例如要把握当下，因为每一个当下都是生命最宝贵的存在；例如什么事也不做，往往是生命的必要时刻；例如吃饭睡觉虽然是时间的花费，但花费不一定是浪费；例如修行者讲随缘，必须要有舍的态度。

“当下即是”“把握当下”“活在眼前”，是一种平常心与平常事的体现，是彻底地契入生命的存在，也是一种不纵容的思想。宗宝禅师曾把这种精神说成是：“事来时不惑，事去时不留。”马祖则说：“任运过时，更有何事？”

现代人喜欢讲随缘，却不知随缘并不是跟着因缘转，而是其中有所不变。在禅者而言，“随缘”就是“任运”，是在世缘之中不为世法所染。

这种任运，古来的禅师说了很多，像道悟说：“任性逍遥，随缘放旷，但尽凡心，别无圣解。”像云门说：“终日说事，未尝挂着唇齿，未尝道着一字。终日着衣吃饭，未尝触着一粒米，挂着一缕丝。”像大珠说：“解道者行、住、坐、卧，无非是道。悟法者纵横自在，无非是法。”

道是道路，是人人能走的；法是方法，也是人人能用的。因为人人能用，所以是平常的。我很喜欢《金刚经》的开头：“尔时世尊食时，着衣持钵，入舍卫大城乞食。于其城中，次第乞已，还至本处。饭食讫，收衣钵。洗足已，敷座而坐。”这是说世尊也要吃饭，也要洗脚，也过平常生活，他要花费很多时间在这上面。为什么我们不觉得世尊吃饭、洗脚是“浪费时间”？那是因为悟道者有平常的一面，他随顺世缘，任运自在。

其实，真正的悟道者是没有“浪费”的问题的，他在每一个当下花费他的时间，正如潭州禅师说的两首偈：“寂寂无一事，醒醒亦复然。森罗及万象，法法尽皆禅。”“一月普现一切水，一切水月一月摄。若人解了如斯意，大地众生无不彻。”

我们还没有达到那样的境界，所以我们对时间、生命、存在应该有所选择，在随缘中不随波逐流，在任运中不放任纵容，我们的生命才不会“漫不经心”地浪费掉。

独乐与独醒

人生的朋友大致可以分成四种类型，一种是在欢乐的时候不会想到我们，只在痛苦无助的时候才来找我们分担，这样的朋友往往也最不能分担别人的痛苦，只愿别人都带给欢乐。他把痛苦都倾泻给别人，自己却很快地忘掉。

一种是他只在快乐的时候才找朋友，却把痛苦独自埋藏在内心，这样的朋友通常能善解别人的痛苦，当我们丢掉痛苦时，他却接住它。

一种是不管在什么时刻什么心情都需要别人共享，认为独乐乐不如众乐乐，独悲哀不如众悲哀，恋爱时急着向全世界的朋友宣告，失恋的时候也要立即告诸亲友。他永远有同行者，但他也很好奇好事，总希望朋友像他一样，把一切最私密的事对他倾诉。

还有一种朋友，他不会特别与人亲近，他有自己独特的生活方式，独自快乐、独自清醒，他胸怀广大、思虑细腻、口味优越，带着一些无法测知的神秘，他们做朋友最大的益处是善于聆听，像大海一样可以容受别人欢乐或苦痛的泻注，但自己不动不摇，由于他知道解决问题的关键，因此对别人的快乐鼓励，对苦痛伸出援手。

用水来做比喻，第一种是河流型，他们把一切自己制造的垃圾都流向大海；第二种是池塘型，他们善于收藏别人和自己的苦痛；第三种是波浪型，他们总是一波一波找上岸来，永远没有静止的时候；第四种是大海型，他们接纳百川，但不失自我。

当然，把朋友做这样的划分不是绝对的，因为朋友有千百种面目，这只是大致的类型罢了。”

我们到底要交什么样的朋友？或者说，我们希望自己变成什么样的朋友？

卡莱尔·纪伯伦在《友谊》里有这样的两段对话："你的朋友是来回应你的需要的，他是你的田园，你以爱心播种，以感恩的心收成，他是你的餐桌和壁灯，因为你饥饿时去找他，又为求安宁寻他。""把你最好的给你的朋友，如果他一定要知道你的低潮，也让他知道你的高潮吧！如果只是为了消磨时间才找你的朋友，又有什么意思呢？找他共享生命吧！因为他满足你的需要，而不是填满你的空虚，让友谊的甜蜜中有欢笑和分享吧！因为心灵在琐事的露珠中，找到了它的清晨而变得清爽。"

在农业社会时代，友谊是单纯的，因为其中比较少有利害关系；在少年时代，友谊也是纯粹的，因为多的是心灵与精神的联系，很少有欲望的纠葛；工业社会的中年人，友谊常成为复杂的纠缠，朋友一词也浮滥了，我们很难和一个人在海岸散步，互相倾听心灵；难得和一个人在茶屋里，谈一些纯粹的事物了，朋友成为群体一般，要在啤酒屋里大杯灌酒，在饭店里大口吃肉一起吆喝，甚至在卡拉OK这种黑暗的地方，寻唱着浮滥的心声。

从前，我们在有友谊的地方得到心的明净、得到抚慰与关怀、得到智慧与安宁。现在有许多时候，朋友反而使我们混浊、冷漠、失落、愚痴与不安。现代人都成为"河流型""池塘型""波浪型"的格局，要找有大海胸襟的人就很少了。

在现代社会，独乐与独醒就变得十分重要。所谓"独乐"是一个人独处时也能欢喜，有心灵与生命的充实，就是一下午静静地坐着，也能安然；所谓"独醒"是不为众乐所迷惑，众人都认为应该过的生活方式，往往不一定适合我们，那么，何不独自醒着呢？

只有我们能独乐独醒，我们才能成为大海型的人，在河流冲来的时候、在池塘满水的时候、在波浪推过的时候，我们都能包容，并且不损及自身的清净。纪伯伦如是说：

你和朋友分手时，不要悲伤，因为你最爱的那些美质，他离开你时，你会觉得更明显，就好像爬山的人在平地上遥望高山，那山显得更清晰。

留一只眼睛看自己

欲识永明旨，门前一湖水；

日照光明生，风来波浪起。

——永明延寿禅师

日本历史上产生过两位伟大的剑手，一位是宫本武藏，另一位是柳生又寿郎，这两位的传记都曾经在台湾出版，风靡过一阵子。柳生又寿郎是宫本武藏的徒弟，关于他们的故事很多，我最喜欢其中的一则。

柳生又寿郎的父亲也是一名剑手，由于柳生少年荒嬉，不肯受父教专心习剑，被父亲逐出了家门，柳生于是独自跑去见当时最负盛名的剑手宫本武藏，发誓要成为一名伟大的剑手。

拜见了宫本武藏，柳生热切地问道："假如我努力学习，需要多少年才能成为一流的剑手？"

武藏说："你全部的余年！"

"我不能等那么久，"柳生更急切地说，"只要你肯教我，我愿意下任何苦功去达到目的，甚至当你的仆人跟随你，那需要多久的时间？"

"那，也许需要十年。"宫本武藏说。

柳生更着急了："呀！家父年事已高，我要他生前就看见我成为一流的剑手，十年太久了，如果我加倍努力学习，需时多久？”

“嗯，那也许要三十年。”武藏缓缓地说。

柳生急得都要哭出来了，说：“如果我不惜任何苦功，夜以继日地练剑，需要多久的时间？”

“嗯，那可能要七十年。”武藏说，“或者这辈子再也没希望成为剑手了。”

柳生的心里纠结着一个大的疑团：“这怎么说呀？为什么我愈努力，成为第一流剑手的时间就愈长呢？”

“你的两个眼睛都盯着第一流的剑手，哪里还有眼睛看你自己呢？”武藏平和地说，“第一流剑手的先决条件，就是永远保留一只眼睛看自己。”

柳生又寿郎满头大汗地爆破疑团了，于是拜在宫本武藏的门下，并做了师父的仆人。武藏给他的第一个教导是：不但不准谈论剑术，连剑也不准碰一下；只要努力地做饭、洗碗、铺床、打扫庭园就好了。

三年的时光就这样过去了，他仍然做这些粗贱的苦役，对自己发愿要学习的剑艺一点开始的迹象都没有，他不禁对前途感到烦恼，做事也不能专心了。

三年后有一天，宫本武藏悄悄蹑近他的背后，给他重重的一击。

第二天，正当柳生忙着煮饭，武藏又出其不意地给了致命的扑击。

从此以后，无论白天晚上，他都随时随地预防突如其来的袭击，二十四小时中若稍有不慎，便会被打得昏倒在地。

过了几年，他终于深悟“留一只眼睛看自己”的真谛，可以一边生活一边预防突来的剑击，这时，宫本武藏开始教他剑术，不到十年，他成为全日本最精湛的剑手，也是历史上唯一与宫本武藏齐名的一流武士。

这个故事里隐含了很深刻的禅意，禅者不应把禅放在生活之外，犹如剑手不应把剑术当成特别的东西。剑手在行住坐卧都可能遇到敌人的扑击，禅者也是一样，要随时面对生活、烦恼、困顿的扑击，他们表面安住不动，心中却是活泼灵醒能有所对应，那是由于“永远保留了一只眼睛看自己”呀！

宫本武藏在日本剑道和武士道都有很崇高的地位，那是由于他不只局限于剑术，他还是一个很杰出的画家和书法家，他有一幅绘画作品绘的是“布袋和尚观斗鸡”，以流动的泼墨画了微笑的布袋禅师看两只鸡相斗的情景，题道“无杀事，无杀者，无被杀，三者皆空”，很能表达他对剑术与人生的看法。

对于一个武士，拿刀剑是一种修行，是通向觉悟的手段，一个随时随地都可能死掉的武士，他还要在其中确立自己的人格，觉悟与修行、定力与意见就变得多么急迫！我们不是拿剑的武士，不过，在人生的流程中，人人都是面对烦恼与不安的武士，如何以无形之剑，挥慧剑斩情丝，截断人生的烦恼，不是与武士一样的吗？

最近读了一本美国作家乔伊·汉（Joe Hyams）写的《武艺中的禅》，把武术、剑道与禅的关系做了精辟的分析，他写到几个值得深思的观点：

一是武师所遇到的对手，与其说是敌人，不如说是自己的同伴，甚至是自己的延伸，可以帮助我们更充分地认识自己。

二是虽然大部分武艺高手都花了好几年时间练几百种招数，但在决斗时，实际经常使用的招数只有四五种。他一点思考的时间都没有，只是用心去对应。

三是武师的心要经常保持流动的状态，不可停在固定招数，因为对手出击的招数是不可预测的，当心停在任何固定招数，对武师而言，接下来就是死！

对禅者也是如此，我们生命面对的苦恼不是我们的敌人，而是自己的延伸，应该透过烦恼来认识自我；我们可能遍学一切法门，但必须深入某些法门，来对应生命的决斗；我们应该“无所住而生其心”，因为生活不能如预期，无常也不可预测，如果我们的心执着停滞了，那就是死路一条。

这些训练的开端就是“留一只眼睛看自己”呀！

生命的馅

在面包店，我为了买奶酥面包或花生面包而迟疑半天，因为两种我都爱吃，但一天只能吃一种。

后来我买了奶酥面包，是不得不做的选择。

排队付账的时候，我想到，买面包时的迟疑也就像人生里的每一个选择一样：

我们要买一条土司容易，但选择面包的馅儿就难；我们要生活很容易，但生活得有内容、有滋味就难。

可以用钱买的面包都会难以选择，何况是那些无法用钱买的选择呢？

为了充饥而买面包，是第一种层次；为了品味而买面包是第二种层次；又能充饥又能品味，是第三种层次。

人生的追求也是如此，有的人只顾物质而不顾心灵；有的人为了强调心灵而鄙视物质；只有视野开阔的人，才知道心灵与物质平衡的重要。

物欲的追求与心灵的追求乃是天平的两端，一个有慧心的人自然可以找到既可充饥又好吃的面包。

走出面包店，我想明天再买花生面包吧！然后我就边走边吃刚出炉的奶酥面包，热气腾腾的，滋味很好。

桃花心木

乡下老家屋旁，有一块非常大的空地，租给人家种桃花心木的树苗。

桃花心木是一种特别的树，树形优美，高大而笔直，从前老家林场种了许多，已长成几丈高的一片树林。所以当我看到桃花心木仅及膝盖的树苗，有点难以相信自己的眼睛。

种桃花心木苗的是一个个子很高的人，他弯腰种树的时候，感觉就像插秧一样。

树苗种下以后，他常来浇水，奇怪的是，他来得并没有规律，有时隔三天，有时隔五天，有时十几天才来一次；浇水的量也不一定，有时浇得多，有时浇得少。

我住在乡下时，天天都会在桃花心木苗旁的小路上散步，种树苗的人偶尔会来家里喝茶。他有时早上来，有时下午来，时间也不一定。

我越来越奇怪。

更奇怪的是，桃花心木苗有时莫名其妙地枯萎了。所以，他来的时候总会带几株树苗来补种。

我起先以为他太懒，有时隔那么久才给树浇水。

但是，懒人怎么知道有几棵树会枯萎呢？

后来我以为他太忙，才会做什么事都不按规律。但是，忙人怎么可能做事那么从从容容？

我忍不住问他，到底应该什么时间来？多久浇一次水？桃花心木为什么无缘无

在不确定中生活，
能比较经得起生活的考验，
会锻炼出一颗独立自主的心。

故会枯萎？如果你每天来浇水，桃花心木苗该不会枯萎吧？

种树的人笑了，他说："种树不是种菜或种稻子，种树是百年的基业，不像青菜几个星期就可以收成。所以，树木自己要学会在土里找水源。我浇水只是模仿老天下雨，老天下雨是算不准的，它几天下一次？上午或下午？一次下多少？如果无法在这种不确定中汲水生长，树苗自然就枯萎了。但是，在不确定中找到水源、拼命扎根，长成百年的大树就不成问题了。"

种树人语重心长地说："如果我每天都来浇水，每天定时浇一定的量，树苗就会养成依赖的心，根就会浮在地表上，无法深入地下，一旦我停止浇水，树苗会枯萎得更多。幸而存活的树苗，遇到狂风暴雨，也会一吹就倒。"

他的一番话，使我非常感动。不只是树，人也是一样，在不确定中生活，能比较经得起生活的考验，会锻炼出一颗独立自主的心。在不确定中，深化了对环境的感受与情感的感知，就能学会把很少的养分转化为巨大的能量，努力生长。

现在，窗前的桃花心木苗已经长得与屋顶一般高，是那么优雅自在，显示出勃勃生机。

种树人不再来了，桃花心木也不会枯萎了。

寻找幸运草

在弟弟乡下的花园，酢浆草花开得正盛。小小的紫花像泼墨，渲染在高大的红玫瑰丛下，有一点像紫色的流云。

我忍不住蹲下来欣赏，挺直而花瓣分明的玫瑰显得优雅而庄严，所以人们把它用来作为献给爱情的花。柔软而花姿抽象的酢浆草花是那么自在而随兴，所以它不是为奉献而存在，是给细腻的人印心的。

正出神的时候，弟弟两个可爱的孩子跑来依偎我，问我："阿伯，你在找什么？"

我揽着两个孩子说："阿伯正在寻找幸运草。"

"什么是幸运草呢？"

我拔起一株连根的酢浆草，教孩子仔细看，我说："你们看，这酢浆草的叶子是三片的，传说如果找到一株四个叶片的酢浆草，叫作'幸运草'，那时就会很幸运，愿望就会成真喔。"

"哇！太棒了，我们也要找幸运草。"

两个孩子很快地钻入花丛中，在玫瑰花与红合欢下搜寻。

孩子热切的举动，使我莞尔。想到我第一次听到"幸运草"的传说，也是八九岁的年纪。从那个时候起，我只要看到酢浆草，就会忍不住蹲下来，看看能不能找到幸运草，以使我的愿望实现。

一直到我长大了，还改不了寻找"幸运草"的习惯。有一天，我在一条河岸边找累了，躺在护岸上看着天空，才猛然想到：“我的愿望是什么呢？万一找到幸运草，我怎么样许愿呢？”

当时我是一个少年，愿望非常单纯，像童话一样。如果只能许三个愿望，第一个是成为好作家，写出生命中美好的情景；二是离开小小的故乡，去探访远大的世界；三是找到一位身心灵完全相契的伴侣，过着幸福快乐的日子。

可惜，我一直没有找到幸运草，因此愿望一直得不到许诺。虽然我也写作，企图去触及更美好的情景；我也离开了故乡，带着很深的思念；慢慢地，我也发现了，在广辽的人间，要找到身心灵完全相契的人，是多么渺茫，就好像在草原的酢浆草中找到一株幸运草。我从来没有找到过幸运草，那株幸运草就更深地埋入了我的心里。

“阿伯！”两个满头大汗的孩子把我从冥想中叫唤出来，“整个花园，都找不到幸运草。”他们的脸上露出失望的表情。

“没关系的，阿伯从小到大都在找，也没有找到过幸运草呢！说不定有一天你们会找到。”我安慰孩子，接着说，“阿伯给你们比幸运草更棒的东西。”

“是什么？”

我从口袋里掏出两个十元硬币，一人赏一个：“是不是比幸运草更棒？”孩子开心地笑了，欢天喜地地走了。

这世间，真的有人找到过幸运草吗？到了中年我愈来愈生起疑情，但那疑情也日渐明晰了起来。

也许，“世上根本没有幸运草”——这是疑情的部分。

也许，“幸运草根本不在草里”——这是日渐明晰的部分。

幸运草多出来的一片，确实不在草里，而在我们的心中。只要我们的心够宽广坚持，只要我们的情够细腻温柔，只要我们的爱够深刻美好，只要我们一直保有喜悦自由的生命姿势，我们的心就会长出一株美丽的，四个叶片宛然的幸运草。

当我们的心比一般人多了一片，在平凡的酢浆草叶中，必然也会观见幸运草的实相。

相契的草一旦宛然，相契的人不也宛然了吗？

『把烦恼写在沙滩上』，
这是禅者的最重要关键，
就是『放下』。
我们的烦恼是来自执着，
其实执着像是写在沙上的字，
海水一冲就流走了。

把烦恼写在沙滩上

有一个中年人，年轻时追求的家庭事业都有了基础，但是却觉得生命空虚，感到彷徨而无奈，而且这种情况日渐严重，到后来不得不去看医生。

医生听完了他的陈述，说："我开几个处方给你试试！"于是开了四帖药放在药袋里，对他说："你明天九点钟以前独自到海边去，不要带报纸杂志，不要听广播，到了海边，分别在九点、十二点、十五点和十七点，依序各服用一帖药，你的病就可以治愈了。"

那位中年人半信半疑，但第二天还是依照医生的嘱咐来到海边，一走近海边，尤其是清晨，看到广大的海，心情为之清朗。

九点整，他打开第一帖药服用，里面没有药，只写了两个字"谛听"。他真的坐下来，谛听风的声音、海浪的声音，甚至听到自己心跳的节拍与大自然的节奏合在一起。他已经很多年没有如此安静地坐下来听，因此感到身心都得到了清洗。

到了中午，他打开第二个处方，上面写着"回忆"二字。他开始从谛听外界的声音转回来，回想起自己从童年到少年的无忧快乐，想到青年时期创业的艰困，想到父母的慈爱，兄弟朋友的友谊，生命的力量与热情重新从他的内在燃烧起来。

下午三点，他打开第三帖药，上面写着"检讨你的动机"。他仔细地想起早年创业的时候，是为了服务人群、热忱地工作，等到事业有成了，则只顾赚钱，失去了经营事业的喜悦，为了自身利益，则失去了对别人的关怀。想到这时，他已深有所悟。

到了黄昏的时候，他打开最后的处方，上面写着“把烦恼写在沙滩上”。他走到离海最近的沙滩，写下“烦恼”两个字，一波海浪立即淹没了他的“烦恼”，洗得沙上一片平坦。

这个中年人回家的路上，再度恢复了生命的活力，他的空虚与彷徨也就治愈了。

这个故事是有一次深研禅学的郑石岩先生谈起关于高登（Arthur Gordon）亲身体验的故事。我一直很喜欢这个故事，因为它在本质上有许多与禅相近的东西。

“谛听”就是“观照”，是专心地听闻外在的声音，其实，“谛听”就是“观世音”，观世音虽是菩萨的名字，但人人都具有观世音的本质，只要肯谛听，观世音的本质就会被开发出来。

“回忆”就是“静虑”，是禅最原始的意涵，也是反观自心的初步功夫。观世音菩萨有另一个名号叫“观自在”，一个人若不能清楚自己成长的历程，如何能观自在呢?

“检讨你的动机”，动机就是身口意的“意”，在佛教里叫作“初发”，意即“初发的心”。一个人如果能时时把握初心，主掌意念，就能随心所欲不逾矩了。

“把烦恼写在沙滩上”，这是禅者的最重要关键，就是“放下”。我们的烦恼是来自执着，其实执着像是写在沙上的字，海水一冲就流走了。缘起性空才是一切的实相，能看到这一层，放下就没有什么难了。

禅并没有一定的形式与面貌，在用世的许多东西，都具有禅的一些特质，禅自然也不离开生活，如何深入于生活中得到崭新的悟，并有全生命的投入，这是禅的风味。

有一个禅宗的故事这样说：

一位禅师与弟子外出，看到狐狸在追兔子。

“依据古代的传说，大部分清醒的兔子可以逃掉狐狸，这一只也可以。”师父说。

“不可能！”弟子回答，“狐狸跑得比兔子快！”

“但兔子将可避开狐狸！”师父仍然坚持己见。

“师父，您为什么如此肯定呢？”

“因为，狐狸是在追它的晚餐，兔子是在逃命！”师父说。

可叹息的是，大部分人过日子都像狐狸追兔子，以致到了中年，筋疲力尽就放弃自己的晚餐，纵使有些人追到了晚餐，也会觉得花那么大的代价，才追到一只兔子感到懊丧。修行者的态度应该不是狐狸追兔子，而是兔子逃命，只有投入全副身心，向前奔驰飞跃，否则一个不留神，就会丧于狐口了。

在生命的“点”和“点”间，快如迅雷，没有一点空隙，甚至容不下思考，就有如兔子奔跃逃命一样，我每想起这个禅的故事，就想到：兔子假如能逃过狐口，在喘息的时候，一定能见及生命的真意吧！

求人不如求己。
甘于平凡、安心于平淡的生活、
在平常日子也有生的意趣。

大佛的避雷针

我带孩子到南部乡下去玩，顺道参访南台湾的寺庙，才发现台湾的大佛愈来愈多，而且好像在比高一样，十几层楼高的大佛到处都是。有一些很小的寺庙前面也盖了大佛，在视觉上造成一种荒谬之感。

有一天，我带孩子去参观一座刚落成不久的大佛，有十层楼那么高。

孩子突然指着大佛像说："爸爸，大佛的头上有避雷针。"

"是吗？"我顺着孩子的手势往上看去，由于大佛太高了，竟使我的帽子落下来。

孩子问我："大佛的头上为什么要装避雷针呢？"

我说："因为大佛也怕被雷打中呀！"

孩子说："佛为什么怕被雷打中？在天上，是不是雷公最大呢？"

孩子的话使我无法回答而陷入沉思，我们千里迢迢跑来礼拜的佛像，祈求能保佑我们平安的佛像，自己也怕被雷打中哩！佛像既不能保佑自身的安危，又怎么能保佑我们这些比佛像更脆弱的肉身呢？

我想到，苏东坡有一次和佛印禅师到一座寺庙，看见观世音菩萨的身上戴着念珠，苏东坡不禁起了疑情，问佛印禅师说：

"观世音菩萨自己已经是佛了，为什么还戴念珠，她是在念谁呢？"

佛印说："她在念观世音菩萨的名字。"

苏东坡又问："她自己不就是观世音菩萨吗？"

佛印禅师说："求人不如求己呀！"

看着眼前大佛像头上的避雷针，大概也像观世音菩萨手里的念珠一样，是在启示我们：求人不如求己呀！

人因为蒙蔽了自己的佛心，很多人就把佛像当成避雷针；人如果开启了自己的佛心，就不需要避雷针，也不需要佛像了。

佛像需要避雷针，是由于佛像太巨大了。

人需要避雷针，是由于自我与贪婪太巨大了。

我们把佛像盖得很巨大，那是源于我们渴望巨大、不屑于向渺小的事物礼敬。很少人知道渺小其实是好的，唯有自觉渺小的人，才能见及世界如此开阔而广大。

把佛像盖得很大很大，那是"出神"的境界。

知道佛是无所不在、无处不在的，那是"入化"的境界。

权势、名位、财富很大很大，那是"出神"。掌大权、有名位、大富有的人还能自觉很渺小，那是"入化"。

佛像不必盖得太大，因为心中有佛，佛就是无所不在、无时不在的。如果心中无佛，巨大的佛像与摩天大楼又有什么不同呢？

平凡普通的老百姓一旦心中有佛，胸怀无限宽广，心中无挂碍，无恐怖，远离颠倒梦想，则尘世的权势名利又怎能成为他的欲，拘限他的自由呢？

位高权重的公卿王侯一旦心中无佛，心怀狭小，欲望永无终极，名利权位正好成为围困他的砖墙，又何乐之有？

因此，佛像把避雷针装在头上，人应该把避雷针装在心中，时刻避免被利益与权力的引诱击中。只要能自甘于平凡、安心于平淡的生活、在平常日子也有生的意趣，那避雷的银针就已经装上了。

云散

我喜欢胡适的一首白话诗《八月四夜》：

我指望一夜的大雨，
把天上的星和月都遮了；
我指望今夜喝得烂醉，
把记忆和相思都灭了。
人都静了，
夜已深了，
云也散干净了，
仍旧凄清的明月照我归去，
我的酒又早已全醒了。
酒已都醒，
如何消夜永？

这首《八月四夜》，是根据周邦彦的一阕词《关河令》改写成的，《关河令》的原文是：

秋阴时晴，渐向暝，变一庭凄冷。伫听寒声，云深无雁影。

更深人去寂静，但照壁孤灯相映。酒已都醒，如何消夜永？

胡适的诗一点也不比周邦彦的原词逊色。我从前喜欢这首诗，是喜欢诗中的孤单和寂寞的味道，尤其是在烂醉之后醒来，不知道如何度过凄清的好像永无尽头的寒夜时。我在少年时代，有很多次的心境都接近了这首诗的情景。

这使我想起，孤单和寂寞虽也有它极美的一面，但究竟不是幸福的，只是有时我们细细想来，幸福里如果没有孤单和寂寞的时刻，幸福依然是不圆满的。

最好的是，在孤单与寂寞的时候，自己也能品味出那清醒明净的滋味，有时能有一些记忆和相思牵系，才是最幸福的事。

清晨滚着金边的红云，是美的。

午后飘着慵懒的白云，是美的。

黄昏燃烧炽烈的晚霞，是美的。

有时散得干净的天空，也是美的。

那密密层层包裹着青天的乌云，使我们带着冷冽的醒觉，何尝不美呢？

当一个人，走过了辉煌的少年时代，有许多人就开始在孤单与寂寞的煎熬中过日子；当一个人，失去了情爱与生命的理想，可能就会在无奈的孤独中忍受一生；当一个人，不能体会到独处的丰富与幸福时，他的生命之火就开始黯然褪色……

凄清的明月是不是美丽的明月那同一个明月呢？当我们从生命的烂醉醒来的时候，保持明净的心灵世界，让我们也欢喜独处时的寂寞吧！因为要做一个自足的人，就是每一时每一刻都能看清云彩从心窗飘过的姿势，在云也散干净的时候，还能在永夜中保持愉悦清明，那么，即使记忆与相思不灭，我们也能自在地坦然地走下去。

在孤单与寂寞的时候，
自己也能品味出那清醒明净的滋味，
有时能有一些记忆和相思牵系，
才是最幸福的事。

手把青秧插满田，低头便见水中天；
六根清净方为道，退步原来是向前。

水中的蓝天

开车从莺歌到树林，经过一个名叫“柑园”的地方，看到几个农夫正在插秧。由于太久没看到农夫插秧了，再加上春日景明，大地辽阔，使我为那无声的画面感动，忍不住下车。

农夫弯腰的姿势正如饱满的稻穗，一步一步将秧苗插进水田，并细致敬谨地往后退去。

每次看到农人在田里专心工作，心里就为那劳动的美所感动，特别是插秧的姿势最美。这世间大部分的工作都是向前的，唯有插秧是向后的，也只有向后插秧，才能插出笔直的稻田。那弯腰退后的样子，总使我想起从前随父亲在田间工作的情景，生起感恩和恭敬的心。

我站在田岸边，面对着新铺着绿秧的土地，深深地呼吸，感觉到春天真的来了，空气里有各种薰人的香气。刚下过连绵春雨的田地，不仅有着迷蒙之美，也使得土地湿软，种作更为容易。春日真好，春雨也好！

看着农夫的身影，我想起一首禅诗：

手把青秧插满田，低头便见水中天；
六根清净方为道，退步原来是向前。

这是一首以生活的插秧来象征在心田插秧的诗。意思是唯有在心田里插秧的人，才能从心水中看见广阔的蓝天，只有六根清净才是修行者唯一的道路；要趣入那清净之境，只有反观回转自己的心，就像农夫插秧一样，退步原来正是向前。

站在百尺竿头的人，若要更进一步，就不能向前飞跃，否则便会粉身碎骨。只有先从竿头滑下，才能去爬一百〇一尺的竿子。

人生里退后一步并不全是坏的，如果在前进时采取后退的姿势，以谦让恭谨的方式向前，就更完美了。

“前进”与“后退”不是绝对的，假如在欲望的追求中，性灵没有提升，则前进正是后退，反之，若在失败中挫折里，心性有所觉醒，则后退正是前进。

农人退后插秧，是前进，还是退后呢?

记得从前在小乘佛教国家旅行，进佛寺礼拜，寺院的执事总会教导，离开大殿时必须弯腰后退，以表示对佛的恭敬。

此刻看着农夫弯腰后退插秧的姿势，想到与佛寺离去时的姿势多么相像，仿佛从那细致的后退中，看见了每一株秧苗都有佛的存在。

“青青秧苗，皆是法身”，农人几千年来就以美丽谦卑的姿势那样实践着。那美丽的姿势化成金黄色的稻穗，那弯腰的谦卑则化为累累垂首的稻子，在土地中生长，从无到有、无中生有，不正是法身显化的奇迹吗?

从柑园的农田离开，车子穿行过柳树与七里香夹道的小路，我的身心爽然，有如山间溪流一样明净，好像刚刚在佛寺里虔诚地拜过佛，正弯腰往寺门的方向退去。

空中的蓝天与水中的蓝天一起包围着我，从两颊飞过，带着音乐。

素质

很小很小的时候，我就感觉到花是非常奇怪的，因为在家院的庭前种了桂花、玉兰和夜来香，到了晚上，香气随风四散，流动在家屋四周，可是这些香花都是白色的，反而那些极美丽的花卉，像兰花、玫瑰之属，就没有什么香味了。

长大以后，才更发现这种截然不同的风格，凡香气极盛的花，桂花、玉兰花、夜来香、含笑花、水姜花、月桃花、百合花、栀子花、七里香，都是白色，即使有颜色也是非常素淡，而且它们开放的时候常成群结队的，热闹纷繁。那些颜色艳丽的花，则都是孤芳自赏，每一枝只开出一朵，也吝惜着香气一般，很少有香味的。

“香花无色，色花不香”这真是一个惊人的发现；“素朴的花喜欢成群结队，美艳的花喜欢幽然独处”也是惊人的发现。依照植物学家的说法，白花为了吸引蜂蝶传播花粉，因此放散浓厚的芳香；美丽的花则不必如此，只要以它的颜色就能招蜂引蝶了。

我们不管植物学家的说法，就单以“香花无色，色花不香”就可以给我们许多联想，并带来人生的启示。

在人生里，每一个人都有其独特非凡的素质，有的香盛，有的色浓，很少很少能兼具美丽而芳香的，因此我们不必欣羡别人某些天生的的素质，而要发现自我独特的风格。当然，我们的人生多少都有缺憾，这缺憾的哲学其实简单：连最名贵的兰花，恐怕都为自己不能芳香而落泪哩！这是对待自己的方法，也是面对自己缺憾还能自在的方法。

面对外在世界的时候，我们不要被艳丽的颜色所迷惑，而要进入事物的实相，有许多东西表面是非常平凡的，它的颜色也素朴，但只要我们让心平静下来，就能品察出这内部最幽深的芳香。

当然，艳丽之美有时也值得赞叹，只是它适于远观，不适于沉潜。

一个人在年轻的时候，很少能欣赏素朴的事物，却喜欢耀目的风华；但到了中年则愈来愈喜欢那些真实平凡的素质，例如选用一张桌子，青年多会注意到它的颜色与造型之美，中年人就比较注意它是紫檀木或是乌心石的材质，至于外形与色彩就在其次了。

最近这些日子里，我时常有一种新的感怀，就是和一个人面对面说了许多话，仿佛一句话也没有说；可是和另一个人面对面坐着，什么话也没有说，就仿佛说了很多。人到了某一个年纪、某一个阶段，就能穿破语言、表情、动作，直接以心来相印了，也就是用素朴面对着素朴。

古印度人说，人应该把中年以后的岁月全部用来自觉和思索，以便找寻自我最深处的芳香。我们可能做不到那样，不过，假如一个人到了中年，还不能从心灵自然地散出芬芳，那就像白色的玉兰或含笑竟然没有任何香气一样的可悲了。

玻璃心

台湾大学法律研究所一年级的女学生，以晒衣绳在宿舍上吊自杀，她一个月前才通过律师高考。遗书写着“觉得活得很累”，“受不了一次又一次的感情失败”。

中山大学四年级的男学生自杀身亡，外在环境根本没有自杀的理由，但他的遗书说“活着无聊”“人生没有什么意义”。

一位女中学生因为考试成绩不好，受到同学嘲笑，一时想不开，当场从学校大楼跳下自杀，死在校园中庭。

台湾大学社会系三年级的学生，自幼品学兼优，大学一二年级都是第一名，三年级得了第三名，悲伤自杀。

小学女生因细故被父亲责骂，在家里喝农药自杀。

师范大学附属中学二年级学生，由于模拟考试不理想，从住家顶楼跳楼自杀。

……

这是近几个月来令我印象深刻的“学生自杀事件”，相信不是单一的事件，也不是偶发的事件，根据台北地区张老师的统计，光是去年一年，打电话找张老师求救、挣扎于自杀边缘的青少年共有一万四千名以上。那些自杀而没有刊登于媒体的比率一定是很大的，如果我们留心报纸杂志，就会发现自杀已经成为这个社会“家常便饭”的事了。

自杀绝非小事，不只是自绝自戮自己的宝贵生命，也等于刺杀父母亲朋的心灵，因此，每次我看到有自杀的报道，不只为年轻庄严的生命深感痛惜，也为他们的父母悲哀，特别是那些优秀的孩子，不知道自杀前有没有想过父母的容颜？自杀不只是懦弱，简直是冷酷的，使我忍不住想起苏东坡的话：“能自拼者，能杀人也！”

几个月前，朋友带我去探视他自杀未亡的弟弟，他的弟弟因吸食安非他命，从四楼跳下来自杀，结果脊椎折断，下半身瘫痪，整天只能躺在床上，连大小便都不能自理。

这位年轻健壮的青年只有二十岁，已经连累得他的哥哥不敢结婚，年老的父母为了照顾他相继病倒。

他红着眼睛对我说：“林大哥，我真后悔自己以前做的事，现在，我才醒了。”

我因为好友的弟弟说出这句话，内心暗暗感伤悲痛，如果在还没有纵身一跃前就醒了，不知有多好？

现在的年轻人不知珍爱生命、无法忍耐挫折的情况是令人吃惊的。

两年前，我的住家要重新油漆，从报纸上找到一位油漆匠，说明工期十五天，每五天付三分之一的工钱。

油漆匠做了五天，领去第一次的工钱，从此就消失了，我因为家里油漆一半，着急不已，电话打去，没人接听，跑去他家按门铃，也没有人在，连续五天，我焦头烂额，正想再找一个油漆匠，第六天，油漆匠出现了。我问他：“你怎么不见了，也不通知一声？”

他若无其事地说：“六天前，我觉得人生无聊，吃了一瓶安眠药自杀，结果没死，睡到今天早上醒来，想到这边工作没做完，就来工作，做完再死也不迟！”

我呆立在那里，不知所措。现在两年过去了，我还时常担心那油漆匠是否还活在世上？

一个社会上，青少年动不动就自杀，那是什么样的社会啊？

日本的医学界把战后一代不能忍受挫折痛苦的青年称为“玻璃心症候群”，认为是一种需要治疗的疾病。但是，“玻璃心症候群”用什么药可以治疗呢？我想，大概需要更多的爱与考验吧！

社会、环境、学校、家庭可以做的就是重建价值系统，想一想，一个环境中，为了考试，可以牺牲年轻人的生活、健康，不顾他们的成长与快乐，他们如何能看到生命的光明呢？

有许多还没有走上大学的楼梯，就因压力夭折了；有许多上了最好的大学，发现生命竟建立在这么荒诞的基础上，就崩溃了。

透明、脆弱、单薄的玻璃心，学校是火炉、社会是吹管，我们每一位成人都是制造者，冷漠坚硬的价值体系随时碰撞玻璃心，天天都有破碎的声音。这样一想，更感到心痛不已。

在顺境之时，
要使生活有风采。
在逆境之时，
要不散乱，保持静心。

3 · Chapter

随遇而安，生活在静处

从人生的最底层出发

在人生最底层也不要放弃飞翔的梦想

我的人生几乎是最底层出发的。我生长在一个几乎没有文化和文明的地方，而且家庭十分贫困。我没有读过什么好的学校，学校里的老师经验也都很不足，就像给我们教英文的老师，其实他只是受了几个月的短训就上岗了，但这没有妨碍我们的成长。

这个老师教我们用汉字来记住英文单词，“土堆”就是today，“也是土堆”是yesterday，而tomorrow就理所应当地变成了“土马路”。于是，我记住了这些单词，还明白了一个道理：今天是土堆没关系，昨天是土堆也没关系，只要明天能成为一条土马路就行。

十七岁那年，我决定离开家乡。临行前，妈妈送了我一样东西，一个玻璃的瓶子，里面装着黑黑的东西。母亲说：“你别小看，这里面装了三样重要的东西，一样是拜祖先的香炉里的香灰，一样是农田里的土，还有一样是井里的水。闽南的祖先们在离开家乡的时候都会带着这个，说是带着这个去到别处就不会水土不服，而且有了它们，走到哪里，哪里就是你的家乡。”这个瓶子至今还摆在我的桌上，它让我明白了什么是家乡。

因为身上没钱，离家后的生活一度过得很苦。我曾经在餐馆当过服务生，做过码头工人，摆过地摊，还在洗衣店烫过衣服，甚至还杀过猪。杀完猪回到家，洗完手，就继续写作，变成作家。那会儿我十七岁，开始陆续发表作品，被一部分读者视为“天才”。

我一直坚持写作，希望能变成一个成功的作家。在我们那个地方几百年来没有出现过一个作家，我知道要实现自己的理想，一定要比别人更勤快。我从小学三年级时开始，规定自己每天写五百字，不管刮风下雨，心情好坏；到了中学，每天写一千字的文章；到了大学，每天写两千字的文章；大学毕业以后每天写三千字的文章；到现在已经四十年了，我每天还写三千字的文章。我还有个习惯，就是绝不废话，能三千字写完的，绝不会写成五千字，能五百字写完的，绝不会变成一千字。

在我生长的年代，要当作家很难，因为稿费很少。

为了生存，我开始去报社上班。和当时的所有年轻人一样，我渴望成功，希望得到名利、金钱、影响力。我工作很卖力，因而很快就升迁，第六年就当了总编辑，同时还在报纸上写十八个专栏，主持节目当电视公司的经理，还做了广播节目《林清玄时间》，一时风头无两，成为大众眼中成功的人。到如今，我一共写了一百七十几本书，摆起来比我的身高还高。

“觉悟”就是“学习看见我的心”

我以为，成功应该很快乐，应该每天带着“神秘的微笑”。但事实上很难，因为每天从早到晚要开七八个会，还要和很多你不喜欢的人约会、应酬，到最后，生命的时间和空间被挤压，发现自己已经很难静下心来写一篇文章，而且幽默和浪漫精神不见了，对年轻时候向往的东西都失去了兴趣。

有一天，我在报馆里等待看样刊，无聊的时候就翻开了一本书，开篇第一句话说，“到了三十岁的时候，要把全部的时间用来觉悟。如果到了三十岁还没有用来觉悟，就会一步步走向死亡”。我当时很震惊，因为那会儿我已经过了三十岁了，却完全不知道觉悟是怎么回事。我开始思考，什么是觉悟。不久之后，我辞掉了所有的工作，到山上去闭关，去清修和思考，开始走进佛教的世界，清修持续了三年，这也是为什么后来我的作品中有了很多关于宗教的元素。

三年后，我觉得自己已经有了很多领悟，明白“觉”就是“学习看见”，“悟”是“我的心”，所谓“觉悟”就是“学习看见我的心”。因为心恋红尘，我决定下山。

在山下路过一个水果摊，我想买点水果，当时老板不在，我便在边上等，这时候一个路人过来，问我水果怎么卖，将我误认为老板。我当时的第一反应是“我经过了三年修行，大家竟然看不出来我很有智慧”？随即我就意识到，觉悟修行并不会改变人的相貌，只是内心起了革命。

之所以讲觉悟，是因为现代社会，很多人看不到自己的心。我们把生活分成两部分，一部分是重要的生活，一部分是紧急的生活，会发现很多人都在紧急地生活，随波逐流，而不是重要的生活。

什么是重要的生活？陪着爱人散步，躺在草地上看星星，一个小孩有没有幽默感，懂不懂得爱和宽容，这些是重要的。而每天着急上班、学习、考试，是紧急的。当人整天在紧急的事情里面打转的时候，“琴棋书画诗酒花”就会变成“柴米油盐酱醋茶”，要学会腾出一些空间，进入“重要的生活”。

两三年前，台湾有个最有钱的博士，叫王永庆，他九十二岁那年在美国巡视工厂的时候去世了。我听到消息很难过，我想如果我九十岁有五千亿财产，我会去巡视工厂吗？答案是一定不会。王的后人迄今还在为财产争夺不休，这是一件很让人伤心的事，因为他们没有觉察到什么才是重要的生活。

还有一个富翁叫郭台铭，虽然他有很多财产，但他最后娶了一个平凡的舞蹈老师。我问他，你为什么会选她？他回答我说，我太太最大的优点，是她身上闻不到钱的味道。这表明，对于一个整天追逐金钱的人来说，没有钱的味道反而是最大的优点，意味着这个人并没有掉进欲望的泥沼。

怎样才能觉悟？你必须做到以下四点：

要尽可能地把所有时间和空间都留给那些重要的事情

历史上有一个很了不起的人，叫陆羽。他是一个弃儿，长大后，他给自己取了陆羽的名字，意思是漂流在陆地上的一根羽毛。他立志要喝遍天下的茶，饮遍天下的水，于是从九岁开始就一直旅行。我后来曾追随他的饮茶之路去寻访，深刻地体会到了他的不容易，全国的茶区那么多，在只依靠步行的年代，他都一一走遍，还写下了《茶经》，成为迄今无人超越的经典。支撑他的，就是一股叫作梦想的力量，他懂得有限的人生里什么是重要的事情。

你必须要意识到，世俗的事务并非无价

什么是无价的？是浪漫的精神。有一次我去上海演讲，和朋友站在黄浦江边吹风，觉得夜晚的黄浦江格外地美，十分浪漫。此时，我的同伴撞了我一下："喂，你知道每年黄浦江有多少人自杀吗？"哈，真是煞风景。

什么是浪漫？"浪费时间慢慢吃饭，浪费时间慢慢走，浪费时间慢慢喝茶……这些都是浪漫"，浪漫其实就是创造一种时空、一种感受、一种向往，一种理想，在你的世俗土地上开出一朵玫瑰花。

即便是被世俗捆绑，即便是处于人生低谷，也要时刻保持浪漫精神。求婚也并不一定需要房子、车子、票子，以及很大的钻戒，我只是写了"纵使才名冠江东，生生世世与君同"两句诗，妻子就感动异常，嫁给了我。

不要失去对真实价值的认知

现代社会，很多人对价值的认知已经不那么清楚。

有一次，我在上海走过一家百货商场，看见橱窗里挂着一个包，售价一百万元人民币，那是爱马仕的鳄鱼皮包。我很吃惊，谁会花一百万买这个包呢？但显然是因为有人买才会有销售。

很多人都被这些名牌捆绑和魅惑，在吃穿用度上，花很多钱来消费，但事实上，他们看中的并不是物品本身的价值，而是价格。我到商场里去买衣服，都会问服务员，有没有没牌子的东西？只有撕掉牌子，物件才会回归本身的价值。因为我希望寻找的是生命的价值。

我认识北京的一个有钱人，是个矿产大亨，每年赚一百多亿人民币。他家地面用的是玻璃，下面水池里养着锦鲤。这些锦鲤都经过标准地挑选，不合格的鱼会被拿去扔掉或给大鱼吃。

因为不符合某些标准，有些锦鲤一出生就被决定了凄惨的命运。后来，我把那些不合格的鱼买了回来，养出来也格外与众不同。人如果只认识统一的、固定的价值观，实际上是很可怜的。好在人不是锦鲤，就算出身卑贱，也可以通过自己的努力，找到自己生命的价值。

要认识到这个世界是多元的而不是单一的

这个世界的可怕之处在于，大部分人被训练成单一的人，按照上学、考试、工作、结婚等标准流程活着。这很值得检讨。

你看看这个世界，最辣的是辣椒，最酸的是柠檬，最苦的是苦瓜，最甜的是甘蔗。如果你把它们养在一块土地上，会出现两种结果：全部死掉，或只有一种活下来。它们本来活在不同的土地上，有不同的成长经历，如果硬将它们放在一起，也许辣椒最后会变成苦瓜。

人需要发展自己的特质，但是也要包容别人的不同，这个世界才会精彩。因此家长也不要总拿自己的孩子和别人家的做比较，因为辣椒不需要和茄子比较，辣椒只要自己够辣就好。

人们从小就要发现，自己最合适做什么，做什么才最快乐。我这辈子一直想当作家，从来没有改变。清华大学一百年的时候，有学生问我，你已经写了一百七十多本书，还会接着写吗？我的回答是，如果我下午会死，我会写到今天早上，如果明天会死，我会写到明天早上。我已经写了四十多年，我一直在想，我最好的作品还没有写出来，我要一直努力。

如果你现在问我什么是成功，我会说，今天比昨天更慈悲、更智慧、更懂爱与宽容，就是一种成功，如果每天都成功，连在一起就是一个成功的人生。不管你从哪里来，要去到哪里，人生不过就是这样，追求成为一个更好的、更具有精神和灵气的自己。

重新生长的花草

出了一趟远门回来，才知道台北很久没有下雨，使我种在阳台上的花草枯萎了大半。

“好可惜呀！爸爸！你种的花草都死了。”儿子说。

我把植物的茎折一节来看，对儿子说：“这茎中还有水分，只是枯萎，还没死哩！”

于是，我像平常一样，每天晨昏为花草浇水一次，一星期后枯萎的花草开始抽芽，三个星期之后，已经绿意盎然了。

这时我才把枯萎的枝叶剪除，使得院子里的花草比原来的还要青翠。

我和孩子一起浇水的时候，告诉他：“在太阳暴热、环境不好、没有雨水滋润的时候，我们也要学习花草，休养生息，保持生机。”

在顺境之时，要使生活有风采。

在逆境之时，要不散乱，保持静心。

有风格的小偷

走过一家羊肉炉店的门口，突然有一个中年人的声音热情地叫住我。

回头一看，是一位完全陌生的中年人，我以为是一般的读者，打了招呼之后，正要继续往前走。没想到中年人跑过来拉着我的手臂，说："林先生一定不记得我了。"

我尴尬地说："很对不起，真的想不起在什么地方见过你。"

中年人说起二十年前我们会面的情景，当时我在一家报馆担任记者，跑社会新闻。有一天，到固定跑线的分局去，他们正抓到一个小偷，这个小偷手法高明，自己偷过的次数也记不得了。据警方说法，他犯的案件可能上千件，但是他才第一次被捉到。

有一些被偷的人家，经过几星期才发现家中失窃，也可见小偷的手法多么细腻了。

我听完警察的叙述，不禁对那小偷生起一点敬意，因为在这混乱的社会，像他这么细腻专业的小偷也是很罕见的。

当时，那小偷还很年轻，长相斯文、目光锐利，他自己拍着胸脯对警察说："大丈夫敢做敢当，凡是我做的我都承认。"

警方拿出一叠失窃案的照片给他指认，有几张他一看就说："这是我做的，这正是我的风格。"

有一些屋子被翻得凌乱的照片，他看了一眼就说："这不是我做的，我的手法没有这么粗。"

二十年前，我刚当记者不久，面对了一个手法细腻、讲求风格的小偷，竟自百感交集。回来以后写了一篇特稿，忍不住感慨："像心思如此细密、手法这么灵巧、风格这样突出的小偷，又是这么斯文有气魄，如果不做小偷，做任何一行都会有成就吧！"

从时光里跌回来，那个小偷正是我眼前的羊肉炉老板。

他很诚挚地对我说："林先生写的那篇特稿打破了我的盲点，使我想到：为什么除了做小偷，我没有想过做正当的事呢？在监狱蹲了几年，出来开了羊肉炉的小店，现在已经有几家分店了，林先生，哪一天来给我请客吃羊肉呀！"

我们在人群熙攘的街头握手道别，连我自己都感动了起来，没想到二十年前无心写的一篇报道，竟使一个青年走向光明的所在。这使我对记者和作家的工作有了更深一层的思考，我们写的每一个字都是人格与风格的延伸，正如一个小偷偷东西的手法，也是他人格与风格的延伸，因此，每一次面对稿纸怎么能不庄严戒慎呢？

现在由我来为这个改邪归正的小偷写一个结局：

"像心思如此细密、手法这么灵巧、风格这样突出的小偷，又是这么斯文有气魄，现在改行卖羊肉炉，他做的羊肉炉一定是非常好吃的！"

不南飞的大雁

在加拿大温哥华，朋友带我到海边的公园看大雁。

大雁的身躯巨大出乎我的意料，大约有白鹅的四倍。那么多身体庞大的雁聚在一起，场面令我十分震慑。

朋友买了一些饼干、薯片、杂食，准备在草地上喂食大雁，大雁立刻站起来，围绕在我们身边。那些大雁似有灵性，哑哑叫着向我们乞食。

朋友一面把饼干丢到空中，一面说："从前到夏天快结束时，大雁就准备南飞了，它们会在南方避寒，一直到隔年的春天才飞回来，不过，这里的大雁早就不南飞了。"

为什么大雁不再南飞呢？

朋友告诉我说，不知道从什么时候开始，人们在这海边喂食大雁，起先，只有两三只大雁，到现在有数百只大雁了，数目还在增加中。冬天的时候，它们躲在建筑物里避寒，有人喂食，就飞出来吃，冬天也就那样过了。

朋友感叹地说："总有一天，全温哥华的大雁都不会再南飞了，候鸟变成留鸟，再过几代，大雁的子孙会失去长途飞翔的能力，然后再过几代，子孙们甚至完全不知道有南飞这一回事了。"

我抓了一把薯片丢到空中，大雁咻咻地过来抢食。我心里百感交集，我们这样喂食大雁，到底是对的，还是错的？如果为了一时的娱乐，而使雁无法飞行、不再南飞，实在是令人不安的。

已经移民到加拿大十七年的朋友说，自己的处境与大雁很相像，真怕子孙完全不知道有南飞这一回事，因此常常带孩子来喂大雁，让他们了解，温哥华虽好，终非我们的故乡。

“你的孩子呢？”

“现在都在高雄的佛光山参加夏令营呢！”朋友开怀地笑着。

我们把东西喂完了，往回走的时候，大雁还一路紧紧跟随，一直走到汽车旁边，大雁才依依不舍地离去。

不南飞的大雁，除了体积巨大，与广场上的鸽子又有什么不同呢？一路上我都在想着。

发芽的心情

有一年，我在武陵农场打工，为果农收成水蜜桃与水梨。那时候是冬天，清晨起来要换上厚重的棉衣，因为山中的空气格外有一种清澈的冷，深深呼吸时，凉沁的空气就涨满了整个胸肺。

我住在农人的仓库里，清晨挑起箩筐到果园子里去，薄雾正在果树间流动，等待太阳出来时再往山边散去。在薄雾中，由于枝丫间的叶子稀疏，可以清楚地看见那些饱满圆熟的果实，从雾里浮凸出来，青鲜的、还挂着夜之露水的果子，如同刚洗过一个干净的澡。

雾掠过果树，像一条广大的河流般，这时阳光正巧洒下满地的金线，果实的颜色露出来了，梨子透明一般，几乎能看见表皮内部的水分。成熟的水蜜桃有一种粉状的红，在绿色的背景中，那微微的红，如鸡心石一样，流动着一棵树的血液。

我最喜欢清晨曦光初见的时刻。那时，一天的劳动刚要开始，心里感觉到要开始劳动的喜悦，而且面对一片昨天采摘时还青涩的果子，经过夜的洗礼，竟已成熟了，可以深切地感觉到生命的跃动，知道每一株果树全都有着使果子成长的力量。我小心地将水蜜桃采下，放在已铺满软纸的箩筐里，手里能感觉到水蜜桃的重量，以及那充满甜水的内部质地。捧在手中的水蜜桃，虽已离开了它的树枝，却像一株果树的心。

采摘水蜜桃和梨子原不是粗重的工作，可是到了中午，全身几乎已经汗湿，中午冬日的暖阳使人不得不脱去外面的棉衣。这样轻微的劳作，为何会让人汗流浃背呢？有时我这样想着。后来找到的原因是：水蜜桃与水梨虽不粗重，但它们那样容易受伤，非得全神贯注不可——全神贯注也算是我们对大地生养的果实应有的一种尊重吧！

才一个月的时间，我们差不多把果园中的果实完全采尽了，工人们全部放工，转回山下，我却爱上了那里的水土，经过果园主人的准许，答应让我在仓库里一直住到春天。能够在山上过冬是我意想不到的，那时候我早已从学校毕业，正等待着服兵役的征集令，由于无事，心情差不多放松下来了。我向附近的人借到一副钓具，空闲的时候，就坐客运车到雾社的碧湖去徜徉一天，偶尔能钓到几条小鱼，通常只是饱览了风景。

有时候我坐车到庐山去洗温泉，然后在温泉岩石上晒一个下午的太阳；有时候则到比较近的梨山，在小街上散步，看那些从山下爬上来赏冬景的游客。夜间一个人在仓库里，生起小小的煤炉，饮一壶烧酒，然后躺在床上，细细地听着窗外山风吹过林木的声音，深深觉得自己是完全自由的人，是在自然中与大地上工作过、静心等候春天的人。

采摘过的果园并不因此就放了假，果园主人还是每天到园子里去，做一些整理剪枝除草的工作，尤其是剪枝，需要长期的经验与技术，听说光是剪枝一项，就会影响明年的收成。我的四处游历告一段落，有一天到园子去帮忙整理，我所见的园中景象令我大大吃惊。因为就在一个月前曾结满累累果实的园子，这时全像枯萎了一般，不但没有了果实，连过去挂在枝干尾端的叶子也都凋落净尽，只有一两株果树上，还留着一片焦黄的、在风中抖颤着随时要落在地上的黄叶。

园中的落叶几乎铺满地，走在上面窸窣有声，每一步都把落叶踩裂，碎在泥地上。我并不是不知道冬天的树叶会落尽的道理，但是对于生长在南部的孩子，树总是常绿的，看到一片枯树反而觉得有些反常。

我静静地立在园中，环目四顾，看那些我曾为它们的生命、为它们的果实而感动过的果树，如今充满了肃杀之气，我不禁在心中轻轻叹息起来。同样的阳光、同样的雾，却洒在不同的景象之上。

曾经雇用过我的主人，不能明白我的感伤，走过来拍我的肩，说："怎么了？站在这里发呆？"

"真没想到才几天的工夫，叶子全落尽了。"我说。

"当然了，今年不落尽叶子，明年就长不出新叶；没有新叶，果子不知道要长在哪里呢！"园主人说。

然后他带领我在园中穿梭，手里拿着一把利剪，告诉我如何剪除那些已经没有生长力的树枝。他说那是一种割舍，因为长得太密的枝丫，明年固然能结出许多果子，但一棵果树的力量是有限的，太多的树枝可能结出太多的果，却会使所有的果都长得不好，经过剪除，就能大致把握明年的果实。我虽然感觉到那对一棵树的完整有伤害，但作为一棵果树，不就是为了结果吗？为了结出更好的果，母株总要有所牺牲。

我看到有些拇指粗细的枝丫被剪落，还流着白色的汁液，我说："如果不剪枝呢？"

园主人说："你看过山地里野生的芭乐吗？它的果子一年比一年小，等到树枝长得过盛，根本就不能结果了。"

我们在果园里忙碌地剪枝除草，全是为了明年的春天做准备。春天，在冬日的冷风中，感觉像是十分遥远的日子，但是拔草的时候，看到那些在冬天也顽强抽芽的小草，似乎春天就在那深深的土地里，随时等候着涌冒出来。

果然，我们等到了春天。

其实说是春天还嫌早，因为气温仍然冰冷一如前日。我去园子的时候，发现果树像约定好的一样，几乎都抽出绒毛一样的绿芽，那些绒绒的绿昨夜刚从母亲的枝干挣脱出来，初面人世，每一片都绿得像透明的绿水晶，抖颤地睁开了眼睛。我尤其看到当初剪枝的地方，芽抽得特别早，也特别鲜明，仿佛是在补偿着母亲的阵痛。我在果树前深深地受到了感动，好像我也感觉了那抽芽的心情。那是一种春天的心情，只有在最深的土地中才能探知。

我无法抑制心中的兴奋与感动，每天第一件事就是跑去园子，看那些喧哗的芽一片片长成绿色的叶子，并且有的还长出嫩绿的枝丫，逐渐在野风中转成褐色。有时候，我一天去看好几次，感觉在黄昏的落日里，叶子长得比黎明时要大得多。那是一种奇妙的观察，确实能知道春天的讯息。春天原来是无形的，可是借着树上的叶、草上的花，我们竟能真切地触摸到春天——冬天与春天不是像天上的两颗星那样遥远，而是同一株树上的两片叶子，那样密切地跨步走。

我离开农场的时候，春阳和煦，人也能感觉到春天的触摸。园子里的果树也差不多长出一整树的叶子，但是有两株果树却没有发出新芽，枝丫枯干，一碰就断落，它们已经在冬天里枯干了。

果园的主人告诉我，每一年，过了冬季，总有一些果树就那样死去了，有时连当年结过好果实的树也不例外。他也想不出什么原因，只说："果树和人一样，也有寿命，短寿的可能未长果就夭折，有的活了五年，有的活了十几年，真是说不准。奇怪的是，果树的死亡没有什么征兆，有的明明果子长得好好的，却就那样死去了……"

"真奇怪，这些果树是同时播种，长在同一片土地上，受到相同的照顾，品种也都一样，为什么有的冬天以后就活不过来呢？"我问着。

我们都不能解开这个谜题，站在树前互相对望。夜里，我为这个问题而想得失眠了。果树在冬天落尽叶子，为何有的在春天不能复活呢？园子里的果树都还年轻，不应该这样就死去！

"是不是有的果树不是不能复活，而是不肯活下去呢？就像一些人失去了生的意志而自杀了？或者说，在春天里发芽也要心情，那些强悍的树被剪枝，就用发芽来补偿，而比较柔弱的树被剪枝，则伤心地失去了春天的期待与心情。树，是不是有心情的呢？”我这样反复地询问自己，知道难以找到答案，因为我只能看到树的外观，不能了解树的心情。就像我从树身上知道了春的讯息，但我并不完全了解春天。

我想到，人世里的波折其实也和果树一样。有时候我们面临冬天的肃杀，却还要被剪去枝丫，甚至流下了心里的汁液，那些懦弱的人，就不能等到春天。只有永远保持春天的心情等待发芽的人，才能勇敢地过冬，才能在流血之后还能满树繁叶，然后结出比剪枝以前更好的果实。

多年以来，我心中时常浮现出那两株枯死的水蜜桃树，尤其是受到无情的波折与打击时，那两株原本无关紧要的桃树，它们的枯枝就像两座生铁的雕塑，从我的心房中撑举出来，我对自己说：“跨过去，春天不远了，我永远不要失去发芽的心情。”果然，我就不会被冬寒与剪枝击败，虽然有时静夜想想，也会黯然流下泪来，但那些泪，在一个新的春天来临时，往往成为最好的肥料。

被失败的苹果击中

闻名世界的日本服装设计师三宅一生，在被问到他如何成功地设计出独创一格的服装时，谈到两个颇值深思的问题。

一是他认为自己所设计的服装只完成了“部分”，而把一半创造的空间留给穿衣服的人，这样，使得穿衣服的人能穿出自己的风格，并且使同一件衣服也有极大的不同，依这个观念设计出来的服装不容易失败。

二是他选择衣服布料的时候，总是请布厂拿出设计、印染、纺织失败的布料，他则依照这些被公认为“失败”的布料找到灵感，裁制出最具独创与美感的作品，因此他的作品总是独一无二，领导着世界的服装潮流。

三宅一生的话给我们许多启示。他无疑是当今日本最成功的服装设计师，他的年收入大约五千万美元。因为他，日本服装业得到国际性的尊敬，东京的服饰新潮始能与巴黎、纽约、米兰抗衡，成为世界流行的中心。

三宅一生的服饰近年也在台北登陆，是台北关心服装的人所共知的服装大师级人物。他的“失败哲学”，颇有值得我们参考的地方。对于一个有创造力的艺术家来说，生活的进程最重要的是有成功的企图心，但是，成功不是必然的，唯有在失败的因子里找成功的果实，才可能创造真正的成功。

意大利现代大画家卢齐欧·封塔纳（Lucio Fontana），早年画油画时受到顿挫，心情大为恶劣，有一天坐在画布前面竟一笔也画不下去。他生气地拿起一把刀把画布割破了，在画布破裂的一刹那，犹如电光石火，他马上有了一个灵感：“割破的画布算不算是一种创作呢？”于是他把另外的画布拿来，一一割破，然后公开展览，竟使他创造了新的艺术观，成为一代大师。

当然，像他们这样在失败中求取成功的人，历史上不可胜数，我们可以把这种失败称之为“打在牛顿头上的苹果”，因为他们被失败的苹果击中，才碰击出成功的火花。

佛经里有一句话：“众生以菩提为烦恼，菩萨以烦恼为菩提”，或说“烦恼即菩提”，意思不是烦恼等于菩提，而是说对于有慧心的人，总能在烦恼中找到智慧，为了治愈更多的烦恼，因此产生更高的智慧——平顺的人通常不会比愈挫愈奋的人有智慧，真正的智者，往往能不惮失败的烦恼。安乐令人沉沦，忧患反而激发生存的力量，也就是这个道理。

在现实生活中，失败当然是一件可怕的事，几乎没有人喜欢失败；可惜这世界上没有永远的成功者，我们可以肯定地说：“那些在人生后半段成功的人，是由于他们在人生前半段的失败中，找到了成功的灵感。”唯有在失败中成功，才不只是形式与事业的成功，而是连心灵也成功了。

真正的桂冠

有一位年轻的女孩写信给我，说她本来是美术系的学生，最喜欢的事是背着画具到阳光下写生，希望画下人世间一切美的事物。寒假的时候她到一家工厂去打工，却把右手压折了，从此，她不能背画具到户外写生，不能再画画，甚至也放弃了学校的课业，顿觉生命失去了意义；她每天痛苦地把自己关在房间里，对任何事情都带着一种悲哀的情绪，最后她向我提出一个问题：我怎么办？我怎么办？

这个问题使我困惑了很久，不知如何回答。也使我想起法国的侏儒大画家罗特列克（Toulouse Lautrec）。罗特列克出身贵族，小的时候聪明伶俐，极得宠爱，可惜他在十四岁的时候不小心绊倒，折断了左腿，几个月后，母亲带着他散步，他跌落阴沟，把右腿也折断了，从此，他腰部以下的发育完全停止，成为侏儒。

罗特列克的遭遇对他本人也许是个不幸，对艺术却是个不幸中的大幸。罗特列克的艺术是在他折断双腿以后才开始诞生，试问一下：罗特列克如果没有折断双腿，他是不是也会成为艺术史上的大画家呢？罗特列克说过："我的双腿如果和常人那样的话，我也不画画了。"可以说是一个最好的回答。

从罗特列克遗留下来的作品，我们可以看到，他对正在跳舞的女郎和奔跑中的马特别感兴趣，也留下许多佳作，这正是来自他心理上的补偿作用，借着绘画，他把想跳舞和想骑马的美梦投射在艺术上面，因此，罗特列克倘若完好如常人，恐怕今天我们也看不到舞蹈和奔马的名作了。

每次翻看罗特列克的画册，总使我想起他的身世来。我想到：生命真正的桂冠到底是什么呢？是做一个正常的人而与草木同朽？或是在挫折之后，从灵魂的最深处出发而获得永恒的声名呢？这些问题没有单一的答案，答案就是在命运的摆布之中，是否能重塑自己，在灰烬中重生。

希腊神话中有两个性格绝对不同的神，一个是理性的、智慧的、冷静的阿波罗；另一个是感性的、热烈的、冲动的狄俄尼索斯。他们似乎代表了生命中两种不同的气质，一种是热情浪漫，一种是冷静理智，两者在其中冲激而爆出闪亮的火光。

从社会的标准来看，我们都希望一个正常人能稳定、优雅、有自制力，希望每个人的性格和表现像天使一样，可是这样的性格使大部分人都成为平凡的人，缺乏伟大的野心和强烈的情感。一旦这种阿波罗性格受到激荡、压迫、挫折，很可能就像火山爆发一样，在心底的狄俄尼索斯伸出头来，散发如倾盆大雨的狂野激情，艺术的原创力就在这种情况生发，生活与命运的不如意正如一块磨刀石，使澎湃的才华愈磨愈锋利。

史上伟大的思想家大部分是阿波罗性格，为我们留下了生命深远的刻绘；但是史上的艺术家则大部分是狄俄尼索斯性格，为我们烙下了生命激情的证记。也许艺术家们都不能见容于当世，但是他们留下来的作品却使他们戴上了永恒、真正的桂冠。

这种命运的线索有迹可循，有可以转折的余地。失去了双脚，还有两手；失去了右手，还有左手；失去了双目，还有清明的心灵；失去了生活凭借，还有美丽的梦想——只要生命不被消灭，一颗热烈的灵魂也就有可能在最阴暗的墙角燃出耀目的光芒。

生命的途程就是一个惊人的国度，没有人能完全没有苦楚地度过一生，倘若一遇苦楚就怯场，一遇挫折就同关斗室，那么，就永远不能将千水化为白练，永远不能合百音成为一歌，也就永远不能达到炉火纯青的境界。

如果你要戴真正的桂冠，就永远不能放弃人生的苦楚，这也许就是我对“我怎么办？”的一个答案吧！

小丑

在台北东区繁华的街市，偶尔会看到两位小丑，说是“小丑”，只是说他们的脸上画了五颜六色的油彩，不是真正舞台上表演的小丑。

在人群中，我们一眼就会看见他们，匆忙的人群每当走到他们面前，会突然惊心一下，一回神，才又继续匆忙的脚步。

有一位是长得高瘦的青年，他撑着拐杖沿忠孝东路卖口香糖，走累了，就会蹲靠在大百货公司的墙壁看着人群。他的小丑化妆把脸孔从中划成两半，一半是永远带着笑意，另一半则哭丧着脸，眼角挂着一滴垂到脸颊的泪。

他的脸于是成为一种极为荒诞的组合了，嘴角也是。他那一张艳红的嘴，一半要笑的上扬着，一半欲哭的落了下来。他的半哭半笑的脸，让人一见就不能忘，不过，在天气好的时候，他偶尔会画出一张很欢喜的笑脸，让人感觉很春天。

他的头发更绝，是最流行的朋克头，有时染成好几色，有时如公鸡的红冠高高竖起，在黑夜的人群与流丽的灯光中，他那血脉贲张的头发像箭一样，仿佛枝枝都要向人的红心射去。那小丑是城市里的孤独者，他总是默默地从此处穿过彼处，特别使人震动的是，他有一双极锐利肃穆的冷眼，每次与他的眼神相遇，令人欲哭，感觉到小丑不应该有那样的眼神。

另一位“小丑”就完全不同了，他驾着一部小型的机动车，车上摆了许多乐器，沿街演奏，完全无视于周围的人群。有一次在顶好广场前，围了一群人，中间传来电子琴和口琴的声音，我从人缝中穿过去，就看到这位小丑了。他的两腿完全失去功能，但他的脸很温和，油彩的化妆也很温和，最奇异的是他的眼，温煦一如春阳。

很显然，小丑也陶醉在自己演奏的乐曲里了，他的欣悦传给了旁边的人，大家都专心地聆听这位残障者，用特别的慧心来为人间的温情下注。人群愈围愈多，竟把一整个广场都占满了，连来取缔的警察也站立倾听。

为什么，两位残障者装扮的小丑有如此大的不同呢？我不知道。我知道的是，他们夸张地把自己打扮起来，是为了引起别人的注视，以及悲悯，来求取生活的温饱；另外，他们对人间事物，应该有独特的自我诠释吧！似乎企图用欢乐的外表来化解人间深沉的悲哀。

今天，我到百货公司的洗手间时，正好遇到年轻的小丑在镜子前补妆，他的盒子里装着各色油彩，一笔一画地往脸上涂抹，出人意料的专注之情。我看见他那惯常冷漠的眼中有一丝丝忧伤，眉头也深结着，他把头发一撮撮拈起，用发胶固定，然后满意地看着自己的脸。我看着，好像自己也贴近了他那忧伤的心。

我站在旁边静静看着他，一直到他完工为止，他未料到有人观看，竟羞赧地笑了，脸红得使油彩都为之失色。那一刻，我才感叹：呀！这好像经历人世沧桑的小丑原来只是个纯真的大孩子！

走到街上，阳光灿然，真有几分是春天了，缤纷的春装已上市，冷然的都市人都到街上温习已失去很久的早春的阳光，年轻的人的笑语此起彼落。

有人哭着，也有人欢笑。

有人半边脸欢喜，半边脸流泪。

在另一个日出，我们会发现春天已经来了。

因为春天，不在遥远的天边，不在山水的人间，不在盛放的花蕊，而是在人心。

我常常这样想：如果我是小丑，我要用什么眼神、什么心情来注视这个世界呢？

平凡最难

与几位演员在一起，谈到演戏的心得。

有一位说："我喜欢演冲突性强的人物，生命有高低潮的。"另一位说："怪不得你演流氓演得好，演教师就不像样了。"

还有一位说："每次演悲剧就感觉自己能完全投入，演得真是悲惨，可是演喜剧就进不去，喜剧的表演真是比悲剧难呀！"另外一位这样搭腔："那是由于在本质上，人生是个悲剧，真实的痛苦很多，真实的快乐却很少。"

大家七嘴八舌地讲自己对演出与人生的看法，却得到了两个根本的结论，一是不管电影、电视或舞台，演流氓、妓女、失败者、邪恶者、落拓者总是容易一些，也可以演得传神，那是因为大家对坏的形象有一种共同的认知；可是对善良的、乐观的人生却没有共同的标准。二是全世界最难演出的人，就是那些平顺着过日子，没有什么冲突的人，像教师、公务员、小职员、家庭主妇，因为他们的一生仿佛一开始就是那个样子，结束也就是那个样子了。

一个演员感慨地说："平凡是最难演的呀！"

我们如果把这句话稍做转换，可以变成是："平凡是最难的呀"！或者说"安于平凡是最难的呀"！尤其是当一个人可以选择轰轰烈烈地过日子时，他却选择了平凡；当一个人只要动念就可能获名求利满足欲望时，他却选择了平凡；当一个人位高权尊力能扛鼎时，他毅然选择了平凡。

最难得的是，一个人在多么不平凡的情况下，还有平凡之心，知道如何走进平凡人的世界，知道这世界原是平凡者所构成，自己的不平凡是多数人安于平凡所造成的结果。

平凡者，就是平顺、安常、知足，平凡人的一生就是平安知足的一生。一个社会格局的开创固然需要很多不凡人物的创造，但一个社会能否持久安定维持文化的尊严与品格，则需要许多平凡人的默默奉献与牺牲。

每个人青年时代的立志，多是要做顶天立地的大丈夫，要做叱咤风云的大人物，可是到了后来才发现，其实自己也不过是社会里平凡的一分子，没能成为真正的大英雄大豪杰。但我们从更大的角度看，那些自命为大人物者，何尝不也是宇宙的一粒沙尘呢?

这并不是说我们不要立大志，而是当我们往大的志向走去时，不管成功或失败，都要知道“平凡最难”！

平凡不只是演员在戏台上最难扮演，在实际人生里也是最难的一种演出。

平凡者，就是平顺、安常、知足，
平凡人的一生就是平安知足的一生。

跑龙套的时代

遇到一位在评剧学校教书的老师，他说：“所有舞台上的大明星都是从跑龙套开始的，可惜，到后来他们都忘了跑龙套的日子，以为自己是天生的大明星。”

他又说：“在舞台上，主角总是最少的，大部分的人都在跑龙套。我们的实际人生何尝不是这样呢？人人都在跑龙套，那真正的主角只有一两位。”

关于龙套，他还有一个心得：“凡是当主角的人，都是在跑龙套时聚精会神、努力跑龙套的人。那些跑龙套时随随便便的，你几乎可以确定地说：这个人永远不可能当主角。”

“跑龙套跑久了，确实会令一个有可能造就的人堕落，但那些后来出头的人就是长期跑龙套也不会堕落的。”

听了这一大套龙套的哲学，真是给人带来极大的启示，所谓“戏台里有人生”正是如此，其实生在这个时代，也可以说是“龙套的时代”，因为真正的主角确实很少，而大部分的主角也不是绝对的主角，时迁势移之后，主角可能再变成龙套，甚至有的连戏台也上不去了。

从更大的层面来说，戏台上的主角何尝不也是时间与环境造就出来的龙套呢？能看透这一点，才是探触到“这是跑龙套的时代”的本质所在。

例如，最近社会上有两起极重视的换角事件，一是某汽车公司的总经理临时被阵前换将，使得这位人人敬佩的经营家失去了自己的舞台；一是某大家电业者的“家变”，曾经冲锋陷阵，被视为家族中最有才华的总经理，被家族斗出舞台之外，失去了舞台。

舞台的失去是对长期做主角的人最严重的打击，因此，我们看到这两位大众人物黯然落泪离开岗位的情景。从这里，一般人可以领悟到：世间没有永远提供自己演出的舞台，项羽在乌江失去了舞台，但刘邦何尝有过动人的演出呢？

大人物有大舞台，但也演出较大的悲剧；小人物只有小舞台，演出一些较小的悲剧，这是人生的真情实景。如果我们做个观众，可以清楚看见大舞台的大英雄，往往在戏的最高潮，就要等待落幕了。

在人生里跑龙套实是无可如何的事，但我们是龙套人物也无妨，只要跑时聚精会神，不因为人微言轻台词少而堕落，也就够了。万一运气来了，总也有熬成主角的一天。

熬成主角的时候，千万不要忘了过去跑龙套的日子，要知道再辉煌的戏码也会过去，这样，不管是当主角，跑龙套，甚至失去了舞台，都会坦然自在。

一个人要当自己的主角，只有在看清楚整个舞台的流变才有可能，你看，那舞台上扮皇帝、扮乞丐的不是同一个人吗？他不是一样演得很起劲吗？

戏与梦

一位在电影上演出完美爱情的女明星，现实生活的感情却一再遭到挫败。

当她接受记者的访问时，感慨地说："演了这么多年的戏，没想到演自己是最辛苦和失败的，因为演别人时可以根据剧本的情节来演出，但是演自己时，却没有写好的剧本，没有彩排，也没有NG，一旦演坏了，就要承担所有的责任。"

因此，她说："演别人容易，做自已难。"

读了这个报道，我的感触很深，大凡世事皆是如此，旁观者清，当局者迷；站在岸边时容易客观，身陷洪流时就会迷乱了，在现实社会，我们可能看到心理学家比一般人有更多的心理情结；专门为人解答婚姻爱情的人，自己的爱情婚姻可能一塌糊涂。

由于真实人生没有剧本，没有彩排，不能重来，所以要紧的是活在眼前，让每一个眼前都活在最好的状况，承担此刻的责任，那么结局即使不能完美，过程也没有遗憾了。

世事离戏只有一步之远。

人生离梦也只有一步之遥。

生命最有趣的部分，胜过演戏与做梦的部分，正是它没有剧本、没有彩排、不能重来。

生命最有分量的部分，正是我们要做自己，承担所有的责任。

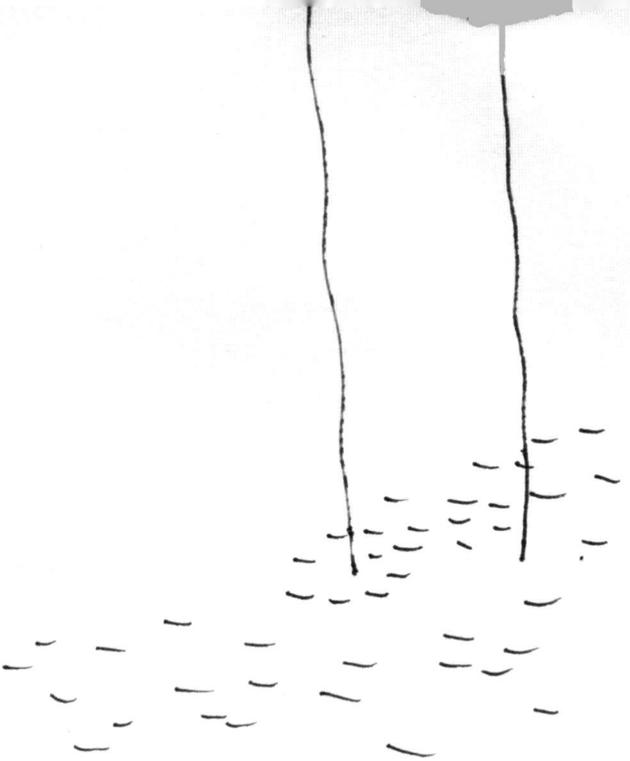

生命最有分量的部分，
正是我们要做自己，
承担所有的责任。

和时间赛跑

读小学的时候，我的外祖母去世了。外祖母生前最疼爱我。我无法排遣自己的忧伤，每天在学校的操场上一圈一圈地跑着，跑得累倒在地上，扑在草坪上痛哭。

那哀痛的日子持续了很久，爸爸妈妈也不知道如何安慰我。他们知道与其欺骗我说外祖母睡着了，还不如对我说实话：外祖母永远不会回来了。

“什么是永远不会回来了呢？”我问。

“所有时间里的事物，都永远不会回来了。你的昨天过去了，它就永远变成昨天，你再也不能回到昨天了。爸爸以前和你一样小，现在再也不能回到你这么小的童年了。有一天你会长大，你也会像外祖母一样老，有一天你度过了你的所有时间，也会像外祖母永远不能回来了。”爸爸说。

爸爸等于给我说了一个谜语，这谜语比课本上的“日历挂在墙壁，一天撕去一页，使我心里着急”和“一寸光阴一寸金，寸金难买寸光阴”还让我感到可怕；也比作文本上的“光阴似箭，日月如梭”更让我觉得有一种说不出的滋味。

以后，我每天放学回家，在庭院时看着太阳一寸一寸地沉进了山头，就知道一天真的过完了。虽然明天还会有新的太阳，但永远不会有今天的太阳了。

我看到鸟儿飞到天空——它们飞得多快呀——明天它们再飞过同样的路线，也永远不是今天了。或许明天再飞过这条路线的，不是老鸟，而是小鸟了。

时间过得飞快，使我的小心眼里不只是着急，还有悲伤。

有一天我放学回家，看到太阳快落山了，就下决心说："我要比太阳更快回家。"我狂奔回去，站在庭院里喘气的时候，看到太阳还露着半边脸，我高兴得跳了起来。那一天我跑赢了太阳。

以后我常做这样的游戏，有时和太阳赛跑，有时和西北风比赛，有时一个暑假的作业，我十天就做完了。那时我三年级，常把哥哥五年级的作业拿来做。每一次比赛胜过时间，我就快乐得不知道怎么形容。

后来的二十年里，我因此受益无穷。虽然我知道人永远跑不过时间，但是可以比原来跑快一步；如果加把劲，有时可以快好几步。那几步虽然很小很小，用途却很大很大。

如果将来我有什么要教给我的孩子，我会告诉他：假若你一直和时间赛跑，你就可以成功。

连兴老店

在台北基隆路，凯悦饭店斜对面，有一家连兴老店，已经开了半甲子，价钱便宜，常使路过的人大吃一惊。

一大盘什锦炒面，四十元，一个人吃不完。

加大的什锦炒面，四十五元，两个人吃刚好。任何的炒菜，都不超过一百元，一大盘炒虾，一百元。一大盘炒花枝，一百元。一大盘炒青菜，只要五十元。

有一次，点了一碗虱目鱼汤，一百元。端出来是一大碗，吓了我一跳，三个人勉强才吃完。

如果喜欢吃卤味，只要两百元，就能给五六人享用。

价钱便宜不稀奇，连兴老店是由一对老夫妻经营，他们都有惊人的厨艺。例如用凤梨豆瓣煮出来的虱目鱼汤，只要换一只精致的碗，摆在大饭店的酒席上也丝毫不逊色。

他们会有这么好的厨艺，是因为三十年来菜色没有变过，一个人煮同样的菜三十年，精益求精，煮出好菜是理所当然的。比较奇特的是，夫妻煮出来的菜，味道完全一样，这可能是互相长期琢磨的结果。

连兴老店有二十年没有涨价了。我问老板："为什么二十年没有调价？这样怎么经营呢？"

老板说："来我这里吃的都是一些劳动的人，他们赚钱很辛苦，要吃便宜，又要吃粗饱。我每年都想要涨价，但想到来吃的老客人那么辛苦，就不忍心呢！一年拖

即使是最平凡的人，
只要有了信念的坚持，
生命就会变得美好。
这种美好，可以穿越时空。

过一年，妄度，妄度，竟然二十年没有起价了。”

为了一点“不忍心”，有一些老客人在连兴老店已经吃了二十几年的午餐，怕他们负担不起。为了一点“不忍心”，三十年来，老夫妻就住在面店上方隔出来的三尺高的夹层里，夜里只能爬着进去睡觉。

三十年来，信义计划区从稻田、平房、公寓，到大楼林立，成为台北市最昂贵的地段，连兴的老夫妻依然过着平常的日子，连兴老店也没有改变过。我时常会带家人、朋友到连兴老店吃饭，我们坐在廊下，吃着四十元的炒面或二十元的汤面，抬起头来就会看见五十公尺外的凯悦大饭店的门厅，金碧辉煌。这时，我会感到人生如梦，也会深刻地感受到，即使是最平凡的人，只要有了信念的坚持，生命就会变得美好。这种美好，可以穿越时空。

偶尔远地的朋友来访，到了吃饭时间，我总会开玩笑地说：“走！我们去凯悦大饭店……的斜对面吃饭！”

心地柔软的朋友，到了连兴老店就会有很深的感触。

我总会开玩笑地说：“以后我们到凯悦吃饭，应该改成说：‘我们到连兴的斜对面去吃’！因为是先有连兴，才有凯悦，连兴又比凯悦可爱、可亲得多！”

在连兴老店吃了一碗炒面，喝了一碗下水汤，散步到信义商圈，经过“市议会”、市政府，穿过凯悦饭店的回廊，走过华纳威秀人潮汹涌的门厅与新光三越金碧辉煌的大厅，再往前走，是一大片菜园，种了芋头、地瓜、冬瓜与白菜，一坪近三百万的土地，用来种一斤十元的菜，真是令人无限惊奇！

这世界有一些事变化神速，还有一些事永远停步；有一些人不断发展，有一些人一直坚持。

作为一个写作人，我既欣赏连兴老店的坚持——写作总有一些超越物质的精神境界；我也欣赏信义商圈的快速与繁华——写作也总有一些风格的发展与创见。常有常的好，变有变的妙。

我坚持的是“莫忘初心”，在我很小很小的时候，就相信作家有某种心灵的崇高，可以使人在阅读的时候变得更美好。我喜欢的作家福克纳，在领取诺贝尔文学奖时说：“我拒绝接受人类的末日！”

多么石破天惊的一句话！

一个小小的面店老板都可以崇高地说：“我不忍心对顾客涨价！”

对作家而言，我们所坚持的不同，但情义是一样的，我拒绝接受人类的末日！我拒绝接受！所以，和连兴老店一样，写了半甲子，依然坚持文学的美好！

开市不赚

在家后的市场，有一位卖古董、玉石、民俗艺品的小贩，他的声名远播，原因是他每天开市卖的第一件东西，不论价钱高低，都是以成本出售，这“开市不赚”的哲学，使得他的摊子每天清晨都有人排队等待，要买下他的第一件东西。

有一天，我在他的摊子上看中一把印度喇叭，第二天起早去买，发现摊子前已有一些人在排队。

我问排队的人：“既然只有开市的第一件东西不赚钱，你们又排在后面做什么？”

他们说：“通常一开门，所有人买的第一件东西，老板都是不赚钱的。”

我问：“你们怎么知道老板没有赚你们的钱呢？”

“他在这里摆摊很久了，信用很可靠的。”众人异口同声地说。

那天我果然买到我要的那一把印度喇叭，昨天他开价一千二，今天以“开市不赚”的价钱只花五百元就买到了。

“为什么会有开市第一件东西不赚钱的想法呢？”有一次我问那小贩。

他说：“最重要的是感恩吧！你想，古董玉器都不是生活必需品，大家愿花钱买我的东西，使我过生活，所以很多年前我就立下这个规矩，每天表达我对顾客的感恩。”

小贩自己也想象不到，那感恩的心使他的生意得到更大的回馈，几乎成为市场中的传奇人物。

后来那小贩搬到别处去了，我还时常想起他。我想到，一个人如果有一点利益他人的心，就值得怀念。而一个人如果有一些独特的思想与观点，就不容易被潮流淹没。

幸福，
常常是隐藏在平常的事物中，
只要加一点用心，
平常事物就会变得非凡、美好、庄严了。

4 · Chapter

心如晴窗，风轻云淡

只有心如晴窗的人才有真正的爱，
更只有爱花的人才能种出最美的花。

晴窗一扇

台湾登山界流传着一个故事，一个又美丽又哀愁的故事。

传说有一位青年登山家，有一次登山的时候，不小心跌落在冰河之中；数十年之后，他的妻子到那一带攀登，偶然在冰河里找到已经被封冻了几十年的丈夫。这位埋在冰天雪地里的青年，还保持着他年轻时代的容颜，而他的妻子因为在尘世里，已经是两鬓飞霜年华老去了。

我第一次听到这个故事时，整个胸腔都震动起来，它是那么简短，那么有力地说出了人处在时间和空间之中，确定是渺小的，有许多机缘巧遇正如同在数十年后相遇在冰河的夫妻。

许多年前，有一部电影叫《失去的地平线》，那里是没有时空的，人们过着无忧无虑的快乐生活。一天，一位青年在登山时迷途了，闯入了失去的地平线，并且在那里爱上一位美丽的少女；少女向往着人间的爱情，青年也急于要带少女回到自己的家乡，两人不顾大家的反对，越过了地平线的谷口，穿过冰雪封冻的大地，历尽千辛万苦才回到人间；不意在青年回头的那一刻，少女已经是满头银发，皱纹满布，风烛残年了。故事便在优雅的音乐和纯白的雪地中揭开了哀伤的结局。

本来，生活在失去的地平线的这对恋侣，他们的爱情是真诚的，也都有创造将来的勇气，他们为什么不能有圆满的结局呢？问题发生在时空，一个处在流动的时空，一个处在不变的时空，在他们相遇的一刹那，时空拉远，就不免跌进了哀伤的迷雾中。

最近，台北在公演白先勇小说《游园惊梦》改编的舞台剧，我少年时代几次读《游园惊梦》，只认为它是一个普通的爱情故事，年岁稍长，重读这篇小说，竟品出浓浓的无可奈何。经过了数十年的改变，它不只是一个年华逝去的妇人对风华万种的少女时代的回忆，而是对时空流转之后人力所不能为的忧伤。时空在不可抗拒的地方流动，到最后竟使得一朝春尽红颜老，花落人亡两不知。

“时间”和“空间”这两道为人生织锦的梭子，它们的穿梭来去竟如此无情。

在希腊神话里，有一座不死不老的神仙们所居住的山，山口有一个大的关卡，把守这道关卡的就是“时间之神”，它把时间的流变挡在山外，使得那些神仙可以永葆青春，可以和山和太阳和月亮一样的永恒不朽。

作为凡人的我们，没有神仙一样的运气，每天抬起头来，眼睁睁地看着墙上挂钟嘀嘀嗒嗒走动匆匆的脚步，即使坐在阳台上沉思，也可以看到日升、月落、风过、星沉，从远远的天外流过。有一天，我们偶遇到少年游伴，发现他略有几根白发，而我们的心情也微近中年了，有一天，我们突然发现院子里的紫丁香花开了，可是一趟旅行回来，花瓣却落了满地；有一天，我们看到家前的旧屋被拆了，可是过不了多久，却盖起一栋崭新的大楼。有一天……我们终于察觉，时间的流逝和空间的转移是如此地无情和霸道，完全没有商量的余地。

中国的民间童话里也时常描写这样的情景，有一个人在偶然的机缘下到了天上，或者游了龙宫，十几天以后他回到人间，发现人事全非，手足无措；因为“天上一日，世上一年”，他游玩了十数天，世上已过了十几年，十年的变化有多么大呢？它可以大到你回到故乡，却找不到自家的大门，认不得自己的亲人。贺知章的《回乡偶书》里很能表达这种心情：“少小离家老大回，乡音无改鬓毛衰；儿童相见不相识，笑问客从何处来？”数十年的离乡，甚至可以让主客易势呢！

佛家说“色相是幻，人间无常”，实在是参透了时空的真实，让我们看清一朵蓓蕾很快地盛开，而不久它又要凋落了。

《水游传》的作者施耐庵在该书的自序里有短短的一段话："每怪人言，某甲于今若干岁。夫若干者，积而有之之谓。今其岁积在何许？可取而数之否？可见已往之吾，悉已变灭。不宁如是，吾书至此句，此句以前已疾变灭，是以可痛也。"（我常对于别人说"某甲现在若干岁"感到奇怪，若干，是积起来而可以保存的意思，而现在他的岁积存在什么地方呢？可以拿出来数吗？可见以往的我已经完全改变消失，不仅是这样，我写到这一句，这一句以前的时间已经很快改变消失，这是最令人心痛的）正是道出了一个大小说家对时空的哀痛。古来中国的伟大小说，只要我们留心，它讲的几乎全有一个深刻的时空问题，《红楼梦》的花柳繁华温柔富贵，最后也走到时空的死角；《水游传》的英雄豪杰重义轻生，最后下场凄凉；《三国演义》的大主题是"天下大势分久必合，合久必分"；《金瓶梅》是色与相的梦幻湮灭；《镜花缘》是水中之月，镜中之花；《聊斋志异》是神鬼怪力，全是虚空；《西厢记》是情感的失散流离；《老残游记》更明显地道出了"眼看他起高楼，眼看他楼塌了"。

我们的文学作品里几乎无一例外地说出了人处在时空里的渺小，可惜没有人从这个角度深入探讨，否则一定会发现中国民间思想对时空的递变有很敏感的触觉。西方有一句谚语，"你要永远快乐，只有向痛苦里去找"，正道出了时空和人生的矛盾，我们觉得快乐时，偏不能永远，留恋着不走的，永远是那令人厌烦的东西——这就是在人生边缘上不时作弄我们的时间和空间。

柏拉图写过一首两行的短诗：

你看着星么，我的星星？

我愿为天空，得以无数的眼看你。

人可以用多么美的句子、多么美的小说来写人生，可惜我们不能是天空，不能是那永恒的星星，只有看着消逝的星星感伤的份儿。

有许多人回忆过去的快乐，恨不能与旧人重逢，恨不能年华停驻，事实上，却是天涯远隔，是韶光飞逝，即使真有一天与故人相会，心情也像在冰雪封冻的极地，不免被时空的箭射中而哀伤不已吧！日本近代诗人和泉式部有一首有名的短诗：

心里怀念着人，

见了泽上的萤火，

也疑是从自己身体出来的梦游的魂。

我喜欢这首诗的意境，尤其“萤火”一喻，我们怀念的人何尝不是夏夜的萤火忽明忽灭、或者在黑暗的空中一转就远去了，连自己梦游的魂也赶不上，真是对时空无情极深的感伤了。

说到时空无边无尽的无情，它到终极会把一切善恶、美丑、雅俗、正邪、优劣都涤洗干净，再有情的人也丝毫无力挽救。那么，我们是不是就因此而颓丧、优柔不前呢？是不是就坐等着时空的变化呢？

我觉得大可不必，人的生命虽然渺小短暂，但它像一扇晴窗，是由自己小的心眼里来照见大的世界。

一扇晴窗，在面对时空的流变时飞进来春花，就有春花；飘进来萤火，就有萤火；传进秋声，就来了秋声；侵进冬寒，就有冬寒；闯进来情爱，就有情爱；刺进来忧伤，就有忧伤；一任什么事物到了我们的晴窗，都能让我们更真切地体验生命的深味。

只是既然是晴窗，就要有进有出，曾拥有的幸福，在失去时窗还是晴的；曾被打击的重伤，也有能力平复；努力维持着窗的晶明，任时空的梭子如百鸟之翔在眼前乱飞，也能有一种自在的心情，不致心乱神迷。有的人种花是为了图利，有的人种花是为了无聊，我们不要成为这样的人，要真爱花才去种花——只有用“爱”去换“时空”才不吃亏，也只有心如晴窗的人才有真正的爱，更只有爱花的人才能种出最美的花。

思想的天鹅

有时候我在想，人的思想究竟像什么呢？有没有一种具体形象的事物可以来形容我们的思想？

偶尔，我觉得思想像彩色的蝴蝶，在盛开的花园中采蜜，但取其味时，不损色香。而这蝴蝶不能在我们预设的花园中飞翔，它随风翻转，停在一些我们考察的花丛中，甚至让我觉得，那蝴蝶停下来时，有如一株花。

偶尔，我觉得思想犹如海洋，广大与深度都不可探测，在它涌动的时候，或者平缓如波浪，或者飞溅如海啸，或者反映蓝天与星光。只是，思想在某些时候会有莫名的力量，那像是鱼汛、暖流或黑潮从遥远的北方到来，那可能就是被称为“灵感”的东西。

偶尔，我觉得思想像是《诗经》中说的“鸢飞戾天，鱼跃于渊”的鸢或是鱼。上至飞鸟下至渊鱼，无不充满了生命力，无不欢欣愉悦，德教明察。鸢鸟的眼睛是最锐利的，可以在一千米以上的高空，看见茂盛草原中奔跑的一只小鼠；鱼的眼睛则永远不闭，那是由于海中充满凶险，要随时改变位置。

不过，蝴蝶的翅力太弱，生命也太短暂；而海洋则过于博大，不能主宰；鸢则太过强猛，欠缺温柔的性质；鱼则过于惊慌，因本能而生活。

如果给思想一个形象，我愿自己的思想像天鹅一样。天鹅的古名叫鹄，是吉祥的鸟，是“燕雀安知鸿鹄之志”中的那种两翼张开有六尺长的大鸟。它生长在酷寒的北方，能顺着一定的轨迹，越过高山大河到达南方的温暖之地。它既善于飞翔，也善于游泳；它性情温和而仪态优雅；它善知和群，能互相守望；它颜色分明，非白即黑；它能安于环境，不过分执着……天鹅有许多好的品质，它的耐力、毅力和气质，都是令人倾倒的。芭蕾舞剧《天鹅湖》中，对情感至死不渝的天鹅，不知道使多少人为之动容。

我愿意自己的思想浩大如天鹅之越过长空，在动荡迁徙的道路上不失去温和与优雅的气质。更要紧的是，天鹅是易于驯养的，使我不至于被思想牵动，而能主引自己的思想，让它在水草丰美的湖滨自在优游。

据说，驯养天鹅有两种方法。一个是把天鹅的一边翅膀修剪，使它失去平衡不能飞，它就会安住于湖边。另一个方法是，把天鹅养在一个较小的池塘里。由于天鹅要想起飞，必须先在水中滑翔一段路途，才能凌空而去，若池塘太小，它滑翔的路程太短就不能起飞了。从前，欧洲的动物园用前一个方法驯养天鹅，后来觉得残忍，并且展翅的时候丑陋，现在都用后面的方法。

驯养思想的天鹅似乎不必如此，而是确立一个水草丰美的湖泊作为天鹅的家乡，让它保持平衡的双翼（智慧与悲悯），也让它有广大的湖泊（清明的自性），然后就放心地让它展翅翱翔吧！只要我们知道天鹅是季候之鸟，不管它飞到万里之外，它在心灵中永远不会忘记自己的家乡。经过数万里的时空，在千百劫里流浪，有一天，它就会飞回它的家乡。

传说从前科举时代有一段时间，凡是到京城应试的士子都要穿“鹄袍”，译成白话就是要穿“天鹅服”，执事的人只要看见穿白袍的人就会肃然起敬，因为那些穿着白衣的年轻孩子，将来会有许多位至公卿，是不可轻视的。佛教把居士称为“白衣”，称为“素”，也是这个意思。

思想的天鹅也像是身穿白袍的士子，纯洁、青春，充满了对将来的热望，在起飞的那一刻不能轻视，因为它会万里翱翔，主宰人的一生。

在我的清明之湖泊，有一只时常起飞的天鹅。我看它凌空而去，用敏锐的眼睛看着世界，心里充满对生命探索的无限热忱。我让那只天鹅起飞，心里一点也不操心，因为我知道天鹅有一个家乡，它的远途旅行只是偶然的栖息，它总会飞回来，并以一种优雅温柔的姿势，在湖中降落。

太阳雨

对太阳雨的第一印象是这样子的。

幼年随母亲到芋田里采芋梗，要回家做晚餐，母亲用半月形的小刀把芋梗采下，我蹲在一旁看着，想起芋梗油焖豆瓣酱的美味。

突然，被一阵巨大震耳的雷声所惊动，那雷声来自远方的山上。

我站起来，望向雷声的来处，发现天空那头的乌云好似听到了召集令，同时向山头的顶端飞驰奔跑去集合，密密层层地叠成一堆。雷声继续响着，仿佛战鼓频催，一阵急过一阵，忽然，将军喊了一声："冲呀！"

乌云里哗哗洒下一阵大雨，雨势极大，大到数公里之外就听见噼啪之声，撒豆成兵一样。我站在田里被这阵雨的气势慑住了，看着远处的雨幕发呆，因为如此巨大的雷声、如此迅速集结的乌云、如此不可思议的澎湃之雨，是我第一次看见。

说是"雨幕"一点也不错，那阵雨就像电影散场时拉起来的厚重黑幕，整齐地拉成一列，雨水则踏着军人的正步，齐声踩过田原，还呼喊着雄壮威武的口令。

平常我听到大雷声都要哭的，那一天却没有哭，就像第一次被鹅咬到屁股，意外多过惊慌。最奇异的是，雨虽是那样大，离我和母亲的位置不远，而我们站的地方阳光依然普照，母亲也没有跑的意思。

"妈妈，雨快到了，下很大呢！"

"是西北雨，没要紧，不一定会下到这里。"

母亲的话说完才一瞬间，西北雨就到了，有如机枪掠空，哗啦一声从我们头顶掠过，就在扫过的那一刹那，我的全身已经湿透，那雨滴的巨大也超乎我的想象，炸开来几乎有一个手掌，打在身上，微微发疼。

西北雨淹过我们，继续向前冲去。奇异的是，我们站的地方仍然阳光普照，使落下的雨丝恍如金线，一条一条编织成金黄色的大地，溅起来的水滴像是碎金屑，真是美极了。

母亲还是没有要躲雨的意思，事实上空旷的田野也无处可躲，她继续把未采收过的芋梗采收完毕。记得她曾告诉我，如果不把粗的芋梗割下，包覆其中的嫩叶就会壮大得慢，在地里的芋头也长不坚实。

把芋梗用草捆扎起来的时候，母亲对我说："这是西北雨，如果边出太阳边下雨，叫作日头雨，也叫作三八雨。"接着，她解释说，"我刚刚以为这阵雨不会下到芋田，没想到看错了，因为日头雨虽然大，却下不广，也下不久。"

我们在田里对话就像家中一般平常，几乎忘记是站在庞大的雨阵中，母亲大概是看到我愣头愣脑的样子，笑了，说："打在头上会痛吧！"然后顺手割下一片最大的芋叶，让我撑着，芋叶遮不住西北雨，却可以暂时挡住雨的疼痛。

我们工作快完的时候，西北雨就停了，我随着母亲沿田埂走回家，看到充沛的水在圳沟里奔流，整个旗尾溪都快涨满了，可见这雨虽短暂，却是多么巨大。

太阳依然照着，好像无视于刚刚的一场雨，我感觉自己身上的雨水向上快速地蒸发，田地上也像冒着腾腾的白气。觉得空气里有一股甜甜的热，土地上则充满着生机。

"这西北雨是很肥的，对我们的土地是最好的东西，我们种田人，偶尔淋几次西北雨，以后风呀雨呀，就不会轻易让我们感冒。"田埂只容一人通过，母亲回头对我说。

这时，我们走到蕉园附近，高大的父亲从蕉园穿出来，全身也湿透了，"咻！这阵雨真够大！"然后他把我抱起来，摸摸我的光头，说，"被雷公惊到否？"我摇摇头。父亲高兴地笑了："哈……金刚头，不惊风、不惊雨、不惊日头。"

接着，他把斗笠戴在我头上，我们慢慢地走回家去。

回到家，我身上的衣服都干了，在家院前我仰头看着刚刚下过太阳雨的田野远处，看到一条圆弧形的彩虹，晶亮地横过天际，天空中干净清朗，没有一丝杂质。

每年到了夏天，在台湾南部都有西北雨，午后刚睡好午觉，雷声就会准时响起，有时下在东边，有时下在西边，像是雨和土地的约会。在台北都城，夏天的时候如果空气污浊，我就会想："如果来一场西北雨就好了！"

西北雨虽然狂烈，却是土地生机的来源，也让我们在雄浑的雨景中，感到人是多么渺小。

我觉得这世界之所以会人欲横流、贪婪无尽，是由于人不能自见渺小，因此对天地与自然的律则缺少敬畏的缘故。大风大雨在某些时刻给我们一种无尽的启发，记得我小时候遇过几次大台风，从家里的木格窗，看见父亲种的香蕉，成排成排地倒下去，心里忧伤，却也同时感受到无比的大力，对自然有一种敬畏之情。

台风过后，我们小孩子会相约到旗尾溪"看大水"，看大水淹没了溪洲，淹到堤防的腰际，上游的牛羊猪鸡甚至农舍的屋顶，都在溪中浮沉漂浮而去。有时还会看见两人合围的大树，整棵连根流向大海，我们就会默然肃立，不能言语。呀！从山水与生命的远景看来，人是渺小一如蝼蚁的。

我时常忆起那骤下骤停、瞬间阳光普照或一边下大雨、一边出太阳的"太阳雨"。所谓的"三八雨"就是一块田里，一边下着雨，另外一边却不下雨。我有几次站在那雨线中间，让身体的右边接受雨的打击、左边接受阳光的照耀。

三八雨是人生的一个谜题，使我难以明白，问了母亲，她三言两语就解开这个谜题，她说："任何事物都有界限，山再高，总有一个顶点；河流再长，总能找到它的起源；人再长寿，也不可能永远活着；雨也是这样，不可能遍天下都下着雨，也不可能永远下着……"

在过程里固然变化万千，结局也总是不可预测，我们可能同时接受着雨的打击和阳光的温暖，我们也可能同时接受阳光无情地曝晒与雨水有情地润泽，山水介于有情与无情之间，能适性地、勇敢地举起脚步，我们就不会因自然的风雨而轻易得感冒。

在苏东坡的词里有一首《水调歌头》，是我很喜欢的，他说：

落日绣帘卷，亭下水连空。知君为我新作，窗户湿青红。长记平山堂上，攲枕江南烟雨，杳杳没孤鸿。认得醉翁语：山色有无中。

一千顷，都镜净，倒碧峰。忽然浪起，掀舞一叶白头翁。堪笑兰台公子，未解庄生天籁，刚道有雌雄。一点浩然气，千里快哉风!

在人生广大的倒影里，原没有雌雄之别，千顷山河如镜，山色在有无之间，使我想起南方故乡的太阳雨，最爱的是末后两句：“一点浩然气，千里快哉风！”心里存有浩然之气的人，千里的风都不亦快哉，为他飞舞、为他鼓掌!

这样想来，生命的大风大雨，不都是我们的掌声吗?

月光少年

从中华路走到汉口街的“台映试片室”时，发现西门町在这二十年来的变化实在很大，许多广告牌和街道虽然是原来的样子，却有一种陌生之感。

与之前的繁华相比，西门町有点像迟暮的美人，白天已经掩饰不住皱纹，只有到了晚上，才勉强振作精神，浓浓梳妆，然后走出一个徐娘来。

西门町有点老了，作为一个城市的老城区，这是无可奈何的事，城市本来就是不断地变迁和移动的，就像有一个出租车司机告诉我：“谁能想到从前到处是稻田和坟墓的地方，险遭叫作‘信义计划区’呢？谁又会想到从前在偏远郊区的民权东路殡仪馆，现在正好在台北市的市中心呢？”

西门町只是愈移愈偏远了。

那就像，我们心中关于西门町的记忆，也是一天一天地在变远，因为生命本来也是不断变迁和移动的。

要到“台映试片室”时，使我想起年少时代对一切的艺术都是那么狂热，把每个月几乎连分毫都难以移动的生活费，挪出一部分去看电影、看表演、买书册。

后来觉得太奢侈了，到处打听怎么样可以免费接触到艺术，例如不买书，到图书馆去借书；例如不买票，打听舞蹈、喜剧彩排的时间去看表演；例如打听各家试片室的放片时间，去看第一手的电影；例如万不得已买票看表演，总买最便宜的票去坐前排的空位，后来我才知道凡是表演，前面一排的位置会留给大官，十排、十二排则留给媒体和贵宾，我很庆幸许多大官和记者没有时间去看表演。

“台映试片室”是我在学校时代常去看试片的地方，通常试片都会有更详细的影片资料，甚至偶尔还有饮料和点心招待，使得没有钱看电影的我，留下许多温馨美好的回忆。我虽然无功地去看电影，但只要是好电影，总会想办法写影评来回馈招待我的影片公司。

非常讽刺的是，在我从事传播工作以后，每星期都有人招呼我看表演、看电影，而我通常没有时间去看。这时我就会期望，有一个隐在角落不知名的少年，会去坐那一个为我而空下来的位子。

我今天到这随着西门町老去而旧了很多的“台映试片室”，是来看我在世新电影科的同学余为彦导演的新片《月光少年》。余为彦是我的同学中少数真正对电影有热情的人，在电影圈打滚了十几年，始终坚持理想，从他参与《牯岭街少年杀人事件》和他导演的《童党万岁》看来，他对电影创作实在有异于常人的信念。

到了《月光少年》，他关注了植物人灵魂的问题，他关心着一个少年的幽微梦想，他对电影形式的创新和电影艺术的信念，都使我有着感动之情——在这温柔的月光下，我们能给少年什么样的爱呢？在无边的黑夜，隐身于月光的少年，又有什么样的梦想与将来呢？

失去远大梦想的少年，又和植物人有什么不同呢？

台湾电影界最令人期待的地方，正是有一些电影的终极分子，他们对电影的人文、艺术、理想，始终怀有锲而不舍的精神，并且努力实践。

走出“台映”，台北正午的闷热，使我感觉一种入梦的气氛，想起以前和一些热爱电影的朋友，在月光下的院子辩论电影的情景。

从前那种非常人文、非常艺术、非常纯粹、非常理想的少年情境已经回不去了，这倒使我有点惭愧起来。

正像我们走进西门町，又走出西门町，我们走进某一夜的月光，又走出来。人生的经验亦然，生命是不断在变迁和移动的。

而，月光，每一夜的月光都相似，每一片月光却又那样不同！

夜观流星

近读宋朝沈括著的《梦溪笔谈》，有一段谈到他夜见流星的事，非常有趣：

治平元年，常州日禺时，天有大声如雷，乃一大星，几如月，见于东南，少时而又震一声，移著西南；又一震而坠，在宜兴县民许氏园中，远近皆见，火光赫然照天，许氏藩篱皆为所焚。是时火息，视地中只有一窍如杯大，极深，下视之，星在其中荧荧然，良久渐暗，尚热不可近。又久之，发其窍，深三尺余，乃得一圆石，犹热，其大如拳，一头微锐，色如铁，重亦如之。

沈括学识的渊博早为后世学者推崇，但我之所以对这一段描述特别感兴趣，并不是因为有的学者说他对流星的正确判断早于西方天文学家数百年，而是因为我小时候也有一段看流星殒落的相似经验。

我幼年居住的乡里，没有电视、没有收音机、没有冷气、没有电扇，一到夏天夜晚，就没有人留在屋内，家人全跑到三合院中间的庭院里纳凉；大人坐在藤椅上聊天，或谈着农事，或谈着东邻西里的闲话，小孩子就围坐在地板上倾听，或到处追逐萤火虫。

小时候，家里有一位帮忙农事的老长工，我们都叫他“玉豹伯”，他的脑子里装满了民间戏曲里的戏文故事，口才好，姿势优美，颇像妈祖庙前的说书先生。他没有儿女，因此特别疼爱我们，每天夏天夜里，我们都围着听他说故事，一直到夜幕低垂才肯散去。他的身上有一种说不出的魅力，听到精彩的地方，我们甚至舍不得离开去捉跳到身边的大蟋蟀。

有一天玉豹伯为我们讲《西游记》，谈到孙悟空如何在天空腾云驾雾飞来飞去，我们都不禁抬头望向万里的长空，就在那个时候，一颗天边的星星划出一条优美的长线，明亮的星一直往我们头上坠落，我们都尖声大叫，玉豹伯说："流星！流星！"然后我们听到轰然一声巨响，流星就落在我们庭院前不远处蕉园旁的河床。

一群孩子全像约好了似的，完全顾不得孙悟空，呼啸着站起往河床奔去，等我们跑到的时候却完全不见流星的影子，在河床搜寻一个晚上毫无所获，才拖着疲倦的身子回家。第二天还特别起早，继续到河床去找，后来找到一颗巨大的黑褐色石头，因为我们日日在河床游戏，几乎可以确定那颗新石头就是昨夜的流星，但是天上的明星落到地上怎么会变成石头呢？是我们不敢肯定的谜题。

那是我第一次看见流星，在那之前，虽听大人说起过流星，知道天上的每个星星就对应着地上的一个人，只要看见天上的流星殒落就知道地上死去了一个人。可是我常自问，地上时常有人去世，为什么流星却那么罕见呢？

还有人说，当你看见一颗流星落下的一刻，闭上眼睛专心许愿，你的愿望就可以实现。当时我们还是孩子，心中没有什么大愿，看到奔射如箭的流星，张看之不暇，谁还顾得许愿呢？

后来我还在庭院里看过几次流星，但都远在天外，稍纵即逝，不像第一次的感受那么深刻，心中只是无端地茫然，若是天空中的星星都对应着一个人，那一刻落下的又是谁呢？不管是谁，人世里不是行者就是过客，流星落下不免令人感触殊深。

如果流星是一个人的殒落，那么浩渺的天空就对应着广阔的大地，人的群落就是星的聚散，这样想时，我们的离恨别情便淡泊了许多——光灿的星落到地上只是一个无光的石头，还有什么是永远的光明呢？

我总觉得不管有多少天文学家，不管人类登陆了月球，我们对天空的了解都还是浅薄无知的，重要的不是我们知道了多少天空的事物，而是它给了我们什么样心灵的启示。从很年幼的时候我就爱独自坐着看天空，并借着天空冥想，一直到现在，我出门时第一眼都要看看天色，这或许是看天吃饭的农家子弟本性，然而这种本性也使我在大旱的时候想着渴望雨水的禾苗；在连日豪雨之际思念着农田里还未收割、恐惧着发芽的累累稻穗；在巨风狂吼之时忧心着那些出海捕鱼的渔夫。

天空的冥思是可以让我们更关切着生活的大地，这样站在地上仰望天际，就觉得天空和星月离我们不远，也是“星垂平野阔，月涌大江流”的心情。

我最担心的是，在我认识的都市儿童中，大部分失去了对天空的敏感，有的甚至没有好好地看过天色，更不要说是流星了。现在如果我看见流星，我想许的愿望是：“孩子们，抬头看看那一颗马上要失去的流星吧！”

秘密的地方

在我的故乡，有一弯小河。

小河穿过山道、穿过农田、穿过开满小野花的田原。晶明的河水中是累累的卵石，石上的水迈着不整齐的小步，响着淙淙的乐声，一直走出我们的视野。

在我童年的认知里，河是没有归宿的，它的归宿远远地看，是走进了蓝天的心灵里去。

每年到了孟春，玫瑰花盛开以后，小河淙淙的乐声就变成响亮的欢歌，那时节，小河成为孩子们最快乐的去处，我们时常沿着河岸，一路闻着野花草的香气散步，有时候就跳进河里去捉鱼摸蛤，或者沿河插着竹竿钓青蛙。

如果是雨水丰沛的时候，小河低洼的地方就会形成一处处清澈的池塘，我们跳到里面去游水，等玩够了，就爬到河边的堤防上晒太阳，一直晒到夕阳从远山的凹口沉落，才穿好衣服回家。

那条河，一直是我们居住的村落人家赖以维生的所在，种稻子的人，每日清晨都要到田里巡田水，将河水引到田中；种香蕉和水果的人，也不时用马达将河水抽到干燥的土地；那些种青菜的人，更依着河边的沙地围成一畦畦的菜圃。

妇女们，有的在清晨，有的在黄昏，提着一篮篮的衣服到河边来洗涤，她们排成没有规则的行列，一边洗衣一边谈论家里的琐事，互相做着交谊，那时河的无言，就成为她们倾诉生活之苦的最好对象。

在我对家乡的记忆里，故乡永远没有旱季，那条河水也就从来没有断过，即使在最阴冷干燥的冬天，河里的水消减了，但河水仍然像蛇一样，轻快地游过田野的河岸。

我几乎每天都要走过那条河，上学的时候我和河平行着一路到学校去，游戏的时候我们差不多都在河里或河边的田地上。农忙时节，我和爸爸到田里去巡田水，或用麻绳抽动马达，看河水抽到蕉园里四散横流；黄昏时分，我也常跟母亲到河边浣衣。母亲洗衣的时候，我就一个人跑到堤防上散步，踮起脚跟，看河的尽头到底是在什么地方。

我爱极了那条河，不知道为什么，在那个封闭的小村镇里，我一注视着河，心里就仿佛随着河水，穿过田原和市集，流到不知名的远方——我对远方一直是非常向往的。

大概是到了小学三年级的时候吧，学校要举办一次远足，促使我有了沿河岸去探险的决心。我编造了一个谎言，告诉母亲我要去远足，请她为我准备饭盒；告诉老师我家里农忙，不能和学校去远足。第二天清晨，我带着饭盒从我们家不远处的河段出发，那时我看到我的同学们一路唱着歌，成一路纵队，出发前往不远处的观光名胜。

我心里知道自己的年纪尚小，实在不宜于一个人单独去远地游历，但是我盘算着，和同学去远足不外是唱歌玩游戏，一定没有沿河探险有趣，何况我知道河是不会迷失方向的，只要我沿着河走，必然也可以沿着河回来。

那一天阳光格外明亮，空气里充满了乡下田间独有的草香，河的两岸并不如我原来想象的充满荆棘，而是铺满微细的沙石；河的左岸差不多是沿着山的形势流成的，河的右岸边缘正是人们居住的平原，人的耕作从右岸一直拓展开去，左岸的山里则还是热带而充满原始气息。蒲公英和银合欢如针尖一样的种子，不时从山上飘落在河中，随河水流到远处去，我想这正是为什么不管在何处都能看到蒲公英和银合欢的原因吧！

对岸山里最多的是相思树，我是最不爱相思树的，总觉得它们树干长得畸形，低矮而丑怪，细长的树叶好像也永远没有规则，可是不管喜不喜欢，它正沿路在和我打着招呼。

我就那样一面步行，一面欣赏风景，走累了，就坐在河边休息，把双脚泡在清凉的河水里。走不到一个小时，我就路经一个全然陌生的市镇或村落，那里的人和家乡的人打扮一样，他们戴着斗笠，卷起裤脚，好像刚刚从田里下工回来。那里的河岸也种菜，浇水的农夫看到我奇怪地走着河岸，都亲切地和我招呼，问我是不是迷失了路，我告诉他们，我正在远足，然后就走了。

再没有多久，我又进入一个新的村镇，我看到一些妇女在河旁洗衣，用力地捣着衣服，甚至连姿势都像极了我的母亲。我离开河岸，走进那个村镇，彼时我已经识字了，知道汽车站牌在什么地方，知道邮局在什么地方，我独自在陌生的市街上穿来走去。看到这村镇比我居住的地方残旧，街上跑着许多野狗，我想，如果走太远赶不及回家，坐汽车回去也是个办法。

我又再度回到河岸前行，然后我慢慢发现，这条河的右边大部分都被开垦出来了，而且那些聚落里的人民都有一种相似的气质和生活态度，他们依靠这条河生活，不断地劳作，并且群居在一起，互相依靠。我一直走到太阳往西偏斜，一共路过八个村落的城镇，觉得天色不早了，就沿着河岸回家。

因为河岸没有荫蔽，回到家我的皮肤因强烈的日炙而发烫，引得母亲一阵抱怨："学校去远足，怎么走那么远的路？"随后的几天，同学们都还在远足的兴奋情绪里絮絮交谈，只有我没有什么谈话的资料，但是我的心里有一个秘密的地方——就是那条小河，以及河两岸的生命。

后来的几年里，我经常做着这样的游戏，沿河去散步，并在抵达陌生村镇时在里面溜达嬉戏，使我在很年幼的岁月里就知道，除了我自己的家乡，还有许多陌生的广大天地，它们对我的吸引力大过于和同学们做无聊而一再重复的游戏。

日子久了，我和小河有一种秘密的情谊，在生活里受到挫败时，总是跑到河边去和小河共度；在欢喜时，我也让小河分享。有时候看着那无语的流水，真能感觉到小河的沉默里有一股脉脉的生命，它不但以它的生命之水让两岸的农民得以灌溉他们的田原，也能安慰一个成长中的孩子，让我在挫折时有一种力量，在喜悦时也有一个秘密的朋友分享。笑的时候仿佛听到河的欢唱，哭的时候也有小河陪着低吟。

长大以后，常常思念故乡，以及那条贯穿其中的流水，每次想起，总像保持着一个秘密，那里有温暖的光源如阳光反射出来。

是不是别人也和我一样，心中有一个小时候秘密的地方呢？它也许是一片空旷的平野，也许是一棵相思树下，也许是一座大庙的后院，也许是一片海滩，或者甚至是一本能同喜怒共哀乐一读再读的书册……它们宝藏着我们成长的一段岁月，里面有许多秘密是连父母兄弟都不能了解的。

人人都是有秘密的吧！它可能是一个地方，可能是一段爱情，可能是不能对人言的荒唐岁月，那么总要有一个倾诉的对象，像小河与我一样。

有一天我路过外双溪，看到一条和我故乡一样的小河，竟在那里低回不已。我知道，我的小河时光已经远远逝去了，但是我清晰地记住那一段日子，也相信小河保有着我的秘密。

买馒头

家后面市场里的馒头摊，做的山东大馒头非常地道，饱满结实，有浓烈的麦香。

每天下午四点，馒头开笼的时间，闻名而来的人就会在馒头摊前排队，等候着山东老乡把蒸笼掀开。

掀开馒头的那一刻最感人，白色的烟雾阵阵浮出，馒头——或者说是麦子——的香味就随烟四溢了。

差不多不到半小时的时间，不管是馒头、花卷、包子就全卖光了，那山东老乡就会扯开嗓门说："各位老乡！今天的馒头全卖光了，明天请早，谢谢各位捧场。"

买到馒头的人欢天喜地地走了。

没买到馒头的人失望无比地也走了。

山东老乡把蒸笼叠好，覆上白布，收摊了。

我曾问过他，生意如此之好，为什么不多做一些馒头卖呢？

他说："俺的馒头全是手工制造，卖这几笼已经忙到顶点了，而且，赚那么多钱干什么？钱只要够用就好。"

我只要有空，也会到市场去排队，买个黑麦馒头，细细品尝，感觉到在平淡的生活里也别有滋味。

有时候，我会端详那些来排队买馒头的人，有的是家庭主妇，有的是小贩或工人，也有学生，也有西装笔挺的白领阶层。

有几次，我看到一位在街头拾荒的人。

有一次，我还看到在市场乞讨的乞丐，也来排队买馒头。（确实，六元一个的馒头，足够乞丐饱食一餐了）

这么多生活完全不同的人，没有分别地在吃着同一个摊子的馒头，使我生起一种奇异之感：在这个世界上，我们因角色不同而过着相异的生活，当生活还原到一个基本的状态，所有的人的生活又是多么相似：诞生、吃喝、成长、老去，走过人生之路。

我们也皆能品尝一个馒头如品尝人生之味，只是或深或浅，有的粗糙，有的细腻。我们对人生也会有各自的体验，只是或广或窄，有的清明，有的混沌。

但不论如何，生活的本身是值得庆喜的吧！

就像馒头摊的山东人，他在战乱中度过半生，漂泊到这小岛上卖馒头，这种人生之旅并不是他少年时代的期望，其中有许多悲苦与无奈。可是看他经历这么多沧桑，每天开蒸笼时，却有着欢喜的表情，有活力的姿势，像白色的烟雾，麦香四溢。

每天看年近七旬的老人开蒸笼时，我就看见了生命的庆喜与热望。

生命的潜能不论在何时何地都是热气腾腾的，这是多么地好！多么地值得感恩！

莲子面包与油焖香菇

住家附近的一家面包店，自行研制了一种莲子面包，把莲子磨成泥状调在吐司面包里，每天下午四点出炉的时候都是大排长龙，大家都等着吃那新鲜的温热的莲子面包。

有一天下午，我经过面包店，看到那么多人在毫不起眼的小店前排队买面包，感到十分意外，询问排队的人：“是排队等着买什么呢？”

“买快要出炉的莲子面包呀！”一位中年妇人告诉我，然后她还形容了莲子面包的美味，说新鲜莲子的滋味是多么清香，“又缠又绵”，她每天下午四点的时候都会来这里买。

莲子面包虽然没有广告，显然是极有口碑的。对一向不信任广告而信任口碑的我，产生了很大的吸引力。于是我加入人龙里，耐心地等候莲子面包出炉。

一下子，戴着白帽的面包店老板兼师傅，把铁盘子端出来了。果然，屋里就飘出浓浓的莲子香味——在我的印象中，莲子是没有香味的，不知道为什么和了面包，就让我感觉那不只是面包的香味。我买了半条莲子面包，边散步边迫不及待地把面包拿出来吃，细细地品味面包中莲子的滋味。莲子面包确有非凡之处，细滑的含着水分的莲子使我想起从前在嘉义看人采收莲子的情景，白净、浑圆的莲子，有一种倾向于圆满的感觉。

我想到可颂坊的榛子面包、圣玛丽的核桃面包，以及台安医院餐厅里加了麦芽的全麦面包，好吃的可能不只是面包本身，而是面包师傅创造的心情，以及随着那心情衍生出来的感觉，使我们品味到某一些生活的芬芳。在寂寥的午后，知道某一家小面包店有一位师傅冒汗来完成、实践一种创造的心，这给我们带来了温柔的安慰。

生命，真的不能缺乏游戏；生活，则不能失去创造力。创造力随时都在，而且每个人都具有，只要在形式的、固定的、保守的那一个层面，念头一转，做一点提升与超越，创造力就可能得到实践了。面包师傅在做莲子面包时，正是一种提升和超越呀！

在家的附近还有一家素食的自助餐厅，老板娘也是个有创造力的人。她的菜色时常更换，有一次竟然做出了一道极美味的清炒凤梨。里面什么都没加，只是用油把凤梨炒到柔软适口，使酸甜的凤梨仿佛有了新生一样。

我问她为什么会想到清炒凤梨的。

她的回答令我大出意料。她说因为台风的缘故，青菜的价钱暴涨，一斤菠菜要八十元，一棵高丽菜要一百多元，拿来做自助餐成本实在太高了。突然看到小贩叫卖凤梨，一个大凤梨才十五元，想道：做个炒凤梨应该也不错吧！当天中午她就做了一道清炒凤梨，没想到反应出奇地好。隔几天，她看人卖苹果，十个一百元，那时萝卜一个四十几元，于是，她做出了一道清炒凤梨苹果，滋味比清炒凤梨更好。

她还有一道绝活，就是做油焖香菇，那是在市场上看见小贩卖香菇，那些又小又丑的香菇虽然价钱便宜，还是卖不出去。她灵机一动，就买了一袋回来，泡软，洗净，用油、酱油，小火焖，一直到将干未干之时起锅。那些小香菇的美味，我是无法形容的，在人间里，也只有慧心才能创造出这样的滋味。

可见，有创造力的心灵不管扮演什么角色，处在什么环境，都可以无遗地展现出来。可惜，由于房屋的租约到期，老板娘已经不做素食餐厅。我每次路过那个房子，就会想起她那超绝的手艺和心灵，觉得她不做自助餐，实在是人间的损失。

创造力是无所不在的，而且愈用愈出，愈用愈清明，就仿如山林中的泉水一样，凡是真实饮用过创造之泉的人，人世的苦难就好像山中溪泉边的乱石，再多的乱石也不能阻挡泉水的奔流与清澈。

林边莲雾

到南部演讲，一位计程车司机来看我，送我一袋莲雾。

他说："这莲雾不同于一般莲雾，你一定会喜欢的。"

"这莲雾有什么不同吗？"我把莲雾拿起来端详，发现它的个儿比一般莲雾小一点，颜色较深，有些接近枣红。

"这是林边的莲雾，是我家乡的莲雾呀！"他说。

"林边不是生产海鲜吗？什么时候也出产莲雾呢？"我看着眼前这位出身于海边，而在城市里谋生的青年，他还带着极强的纯朴勇毅的乡村气息。

青年告诉我，林边的海鲜很有名，但它的莲雾也很有名，只可惜产量少，只有下港人才知道，不太可能运送到北部。加上林边莲雾长得貌不起眼，黑黑小小的，如果不知味的人，也不会知道它的珍贵。

来自林边的青年拿起一个他家乡的莲雾，在胸前衬衫上来回擦了几下，莲雾的光泽便显露出来，然后他递给我叫我当场吃下去。

"要不要洗一下？"我说。

"免啦，海边的莲雾很少洒农药。"我们便在南方旅店里吃起林边莲雾了，果然，这莲雾与一般的不同，它结实香脆、水分较少，比一般莲雾甜得多，一点也吃不出来是种在海边的咸地上。我把莲雾的感想告诉了青年，他非常开心地笑起来，说："我就知道你会喜欢，今天我出门要来听你的演讲，对我太太说想送一袋莲雾给你，她还骂我神经，说：‘莲雾也不是什么贵重的东西！’我就说了：‘心意是最贵重的，这一点林先生一定会懂。’”

我听了，心弦震了一下，我说：“即使不是林边的莲雾，我也会喜欢的。”

“那可不同，其他莲雾怎么可以和林边的相比！”他理直气壮地说道。

我也学着他的样子，拿一个莲雾在胸前搓搓，就请他吃了，我们两人就那样大嚼林边莲雾，甚至忘记这是他带来的礼物，或是我在请他吃。

话题还是林边莲雾，我说：“很奇怪，林边靠海岸，怎么可能生出这样好吃的莲雾？”

“因为林边的地是咸的，海风也是咸的，莲雾树吸收了这些盐分，所以就特别香甜了。”他说。

“既然吸收的盐分，怎么会变成香甜呢？”

“它是一种转化呀！海边水果都有这种能力，像种在海岸的西瓜、香瓜、番茄，都比别的地方香甜，只可惜长得不够大，不被重视。也可以说是一种对比，就像我们吃水果，再不甜的水果只要蘸盐吃，感觉也会甜一些。”这一段话真是听得我目瞪口呆，从盐分变成香甜感觉上是那样地自然。

看我有点发怔，青年说：“这很容易懂的，就像如果我们拿糖做肥料，种出来的不一定甜，前一阵子不是有些农人在西瓜藤上打糖精吗？那打了糖精的西瓜说多难吃，就有多难吃！”在那一刻，我感觉眼前的林边青年，就是一位哲学家。后来，他告辞了，我独自坐在旅舍里看着窗外暗淡的大地，吃枣红色的林边莲雾，感受到一种难以言说的滋味，感念这青年开老远的车，送我如此珍贵的礼物，也感念他给我的深刻启发。

在生命里确实是这样的，有时我们是站在咸地上，有时还会被咸风吹拂，这是无可如何的景况，不过，如果我们懂得转化、对比，在逆境中或者可以结出更香脆甜美的果实。

这样想来，林边莲雾是值得欢喜赞叹的，它有深刻的生命力，因而我吃它的时候，也不禁有庄严的心情。

长途跋涉的肉羹

在我读小学五年级的时候，有一次看见爸爸满头大汗从外地回来，手里提着一个用草绳绑着的全新的铁锅。

他一面走，一面召集我们："来，快来吃肉羹，这是爸爸吃过的最好吃的肉羹。"

他边解开草绳，边说起那一锅肉羹的来历。

爸爸到遥远的凤山去办农会的事，中午到市场吃肉羹，发现那摊肉羹非常地美味，他心里想着："但愿我的妻儿也可以吃到这么美味的肉羹呀！"

但是那个时代没有塑胶袋，要外带肉羹真是困难的事。爸爸随即到附近的五金行买了一个铁锅，并向卖家要了一条草绳，然后转回肉羹摊，买了满满一锅肉羹，用草绳绑好，提着回家。

当时的交通不便，从凤山到旗山的道路颠踬不平，平时不提任何东西坐客运车都会昏头转向、灰头土脸，何况是提着满满一锅肉羹呢？

把整锅肉羹夹在双腿，坐客运车回转家园的爸爸，那种惊险的情状是可以想见的。虽然他是这么小心翼翼，肉羹还是溢出不少，回到家，锅外和草绳上都已经沾满肉羹的汤汁了，甚至爸爸的长裤也湿了一大片。

锅子在我们的围观下打开，肉羹只剩下半锅。

妈妈为我们每个孩子添了半碗肉羹，也为自己添了半碗。

由于我们知道这是爸爸千辛万苦从凤山提回来的肉羹，吃的时候就有一种庄严、欢喜、期待的心情，一反我们平常狼吞虎咽的样子，一小口一小口地品尝那长途跋涉，饱含着爱，还有着爱的余温的肉羹。

爸爸开心地坐在一旁欣赏我们的吃相，露出他惯有的开朗的笑容。

妈妈边吃肉羹边说："这凤山提回来的肉羹确实真好吃！"

爸爸说："就是真好吃，我才会费尽心机这么远提回来呀！这铁锅的价钱是肉羹的十倍呀！"

当爸爸这样说的时候，我感觉温馨的气息随着肉羹与香菜的味道，充塞了整个饭厅。

不，那时我们不叫饭厅，而是灶间。

那一年，在幽暗的灶间，在昏黄的烛光灯火下吃的肉羹是那么美味，经过三十几年了，我还没有吃过比那更好吃的肉羹。

因为那肉羹加了一种特别的作料，是爸爸充沛的爱以及长途跋涉的表达呀！这使我真实地体验到，光是充沛的爱还是不足的，与爱同等重要的是努力的实践与真实的表达，没有透过实践与表达的爱，是无形的、虚妄的。我想，这是爸爸妈妈那一代人，他们的爱那样丰盈真实，却从来不说"我爱你"，甚至终其一生没有说过一个"爱"字的理由吧！

爱是作料，要加在肉羹里，才会更美味。

自从吃了爸爸从凤山提回来的肉羹，每次我路过凤山，都有一种亲切之感。这凤山，是爸爸从前买肉羹的地方呢！

我的父母都是善于表达爱的人，因此，在我很幼年的时候，就知道再微小的事物，也可以作为感情的表达；而再贫苦的生活，也因为这种表达而显现出幸福的面貌。

幸福，常常是隐藏在平常的事物中，只要加一点用心，平常事物就会变得非凡、美好、庄严了。只要加一点心，凡俗的日子就会变得可爱、可亲、可想念了。

就像不管我的年岁如何增长、不论我在天涯海角，只要一想到爸爸从凤山提回来的那一锅肉羹，心中依然有三十年前的汹涌热潮在滚动。肉羹可能会冷，生命中的爱与祝愿，永远是热腾腾的；肉羹可能在动荡中会满溢出来，生活里被宝藏的真情蜜意，则永不逝去。

冰冻面线糊

有一个住在日本的朋友，每次回来就到小摊子里买几十碗蚵仔面线，一碗用一个塑料袋包着，全部冻在冰箱里冻成冰块。

坐飞机的时候，他把蚵仔面线请空中小姐冻在飞机的冰箱里，到了日本的家又把蚵仔面线冻在冰箱里，每隔两三天拿一碗出来，用微波炉热，自己在深夜的灯下品尝这来自故乡千里奔波的蚵仔面线。

他告诉我："每一次吃那蚵仔面，眼前浮现的总是庙前简陋嘈杂的夜市，有时仿佛听见黑巷推出来的小车叫着，'蚵仔面线，蚵仔面线'，真是历历如绘。"

在日本，只有来自故乡的要好朋友，他才会多拿一袋蚵仔面线出来请客，客人吃了这蚵仔面线都视如珍宝，比吃了大餐还要动容。

"蚵仔面线"在台湾俗语叫"面线糊"，原是乡间最平凡的食物，可是加上人的思念与怀乡，却变成无比珍贵了。

像这样的事例非常多，我有一个朋友在国外冬天下雪的街头，曾因为想吃庙口一碗热呼呼的红豆汤，想到落泪；有一个朋友是纽约新写实绘画的名画家，可是他如果不听京戏，就无法作画；有一个朋友，在国外一招手叫计程车就思念台北，因为全世界没有一个地方的计程车比台北方便……

可是，面线糊、红豆汤、京戏、计程车都不是事物的主题，只是心情的反映，是乡愁暂时的住处。心情不幸福的人，看到微风吹落花瓣，也会黯然落泪；心情幸福的人，看到微风吹落花瓣，却想到明年春天的新花而欢欣踊跃。

最好，我们能维持一种高亮清爽的心情，这种心情使我们不被污浊所染，也不为美丽的花木所遮，如果借冰冻面线糊来维系乡心，在没有面线糊可吃的时候，就只好接受煎熬与折磨。

如果我们要靠外在的名利、声誉来证明自己的尊严与价值，那我们就会在名利、声誉中沦落，并且在失去时接受折磨而不知了。

这一站到那一站

最近在搬家，这已经是住在台北的第十次搬家了。每次搬家就像在乱阵中要杀出重围一样，弄得筋疲力竭，好不容易出得重围，回头一看则已尸横遍野，而杀出重围也不是真的解脱，是进入一个新的围城清理战场了。

搬家，真是人生里无可如何的事，在清理杂物时总是面临舍与不舍、丢或不丢的困境，尤其是很多跟随自己许多年的书，今生可能再也不会翻阅；很多信件是少年时代保存至今，却已是时光流转，情境不再；许多从创刊号保留的杂志，早已是尘灰满布，永远不会去看了；还有一大堆旧笔记、旧剪贴，旧资料、旧卡片，以及一些写了一半不可能完成的稿件……每打开一个柜子，都是许多次的彷徨、犹豫、反复再三。

好不容易下定决心，把不可能再用的东西舍弃，光是纸类就有二百多公斤，卖给收旧货的人，一公斤一元，合起来正是买一本新书的钱。还舍弃一些旧家具，送给需要的朋友。

由于想到人生里没有多少次像搬家，可以让我们痛快地舍弃，使我丢掉了许多从前十分钟爱的东西，都是不能用金钱衡量的，一些成长的纪念。林林总总，舍掉的东西恐怕有一部货车能装下的那么多。

即使是这样，这次搬家还是动用了四部货车才运载完毕，使我想起从前刚到台北，行李加起来共有一只旅行袋，后来搬家，是一个旅行袋加一个帆布袋，学校毕业时搬家竟动用了一部小货车，当时已觉得是颇大的背负。

幸好去服了兵役，第二次回台北，又是一只旅行袋，然后路愈走愈远，背的东西也日渐增加，虽然经常搬迁、舍弃，增加的东西却总是快过丢的速度。有时想起一只旅行袋走天下的年轻时的身影，心中不免感慨，那时身无长物，只有满腔的热血和志气，每天清晨在旅行途中的窗口看见朝日初升，总觉得自己像那一轮太阳。现在放眼四顾，周围堆满了东西，自己青年时代的热血与斗志是不是还在呢？

在时光的变迁中，有些事物在增长，有些东西在消失，最可担忧的恐怕是青春不再吧！许多事物我们可以决定取舍，唯有青春不行，不管用什么方法，它都是自顾自行走。

记得十年前一个寒冷的冬天，我住在屏东市一家长满臭虫的旅店，为了想看内埔乡清晨稻田的日出，凌晨四点就从旅店出发，赶到内埔乡天色还是昏暗的，我就躺在田埂边的草地等候，没想竟昏沉沉地睡去了，醒来的时候日头已近中天。

我捶胸顿足，想起走了一个小时的夜路，难过得眼泪差一点落了下来，正在这时，我看到田中的秧苗反映阳光，田地因干旱而显出的裂纹，连绵到天，非常之美，是我从未见过的景象，立即转悲为喜，感觉到如果能不执着，心境就会美好得多。

那时一位农夫走来，好意地请我喝水，当他知道我来看日出的美景时，抬头望着天空出神地说：“如果能下雨，就比日出更美了。”

我问他下雨有什么美，他说：“这里闹干旱已经两个月了，没有下过一滴雨，日出有什么好呢？”我听了一惊，非常惭愧，以一种悔罪的心情看着天空的烈日，很能感受到农夫的忧伤。后来，我和农夫一起向天空祈求下雨，深切地知觉到：离开了真实的生活，世间一切的美都会显得虚幻不实。假若知道有阳光或者没有阳光，人都能观照的角度，就知道了舍与不舍，都是在一念之间。

不只是搬家，每个人新的一天，都是从这一站到那一站，在流动与迁徙之中，只在不忘失自我，保有热血与志气，到哪里不都是一样的吗？

我们现在搬家还能自己做主，到离开这个世界时也是身体的搬家，如果不及早准备，步步为营地向光明与良善前进，到时候措手不及，做不了主，很可能就会再度走进迷茫的世界，忘记自己的来处了。

陶器与纸屑

在香港的中国百货公司买了一个石湾的陶器，我从前旅行时总是反对购买那些沉重易碎的物品，这一次忍不住还是买了，因为那陶器是一个赤身罗汉骑在一匹向前疾驰的犀牛上，气势雄浑，非常生动，很能象征修行者勇往直前的心境。

百货公司里有专门为陶瓷玻璃包装的房间，负责包装的是一位讲标准北京话的中年妇人。她从满地满墙的纸箱中找来一个，体积大约有我的石湾陶器的四倍大。

接着她熟练地把破报纸和碎纸屑垫在箱底，陶器放中间，四周都塞满碎纸，最后把几张报纸揉成团状，塞好，满意地说："好了，没问题了，就是从三楼丢下来也不会破了。"

我的石湾陶器本来有两尺长、一尺高、半尺宽，现在成为一个庞然的箱子了，好不容易提回旅馆，我立刻觉得烦恼，这样大的箱子要如何提回台北呢？它的体积早就超过手提的规定了，如果用空运，破的几率太大，还是不要冒险才好，一个再好的陶瓷，摔破就一文不值了。

后来，我做了决定，决定仍然用手提，舍弃纸箱、碎纸和破报纸，找来一个手提袋提着，从旅馆到飞机场一路无事，但是上飞机走没几步，一个踉跄，手提袋撞到身旁的椅子，只听到清脆的一声，我的心震了一下，完了！

惊魂甫定地坐在自己的机位上，把陶器拿出来检视，果然犀牛的右前脚断裂，头上的角则完全断了。

我心里非常非常地后悔，后悔没有信任包装妇人的话，更悔把纸箱丢弃。这时我心里浮起一个声音说：

“对一个珍贵的陶器，包装它的破报纸和碎纸屑是与它相同珍贵的。”

确实，我们不能只想保有珍贵的陶器而忽视那些看来无用，却能保护陶器的东西。

生命的历程也是如此，在珍贵的事物周围总是包着很多看似没有意义，随手可以舍弃的东西，但我们不能忽略其价值，因为没有了它们，我们的成长就不完整，就无法把珍贵的东西从少年带到中年，成为有智慧的人。同样的，我们也不能忽视那些人生里的负面因素，没有负面因素的人生，就得不到教训、启发、锻炼，乃至于成长了。

对于一朵美丽的花，它脚下卑贱的泥土是一样珍贵的。

对于一道绚烂的彩虹，它前面的乌云与暴雨是一样有意义的。

对于一场精彩的电影，它周围的黑暗与它是同等价值的。

每天，有一些正向的时光，
便有好心情走向明天；
时时有正向的时刻，生命便无限美好。
日日是好日，处处莲花开。

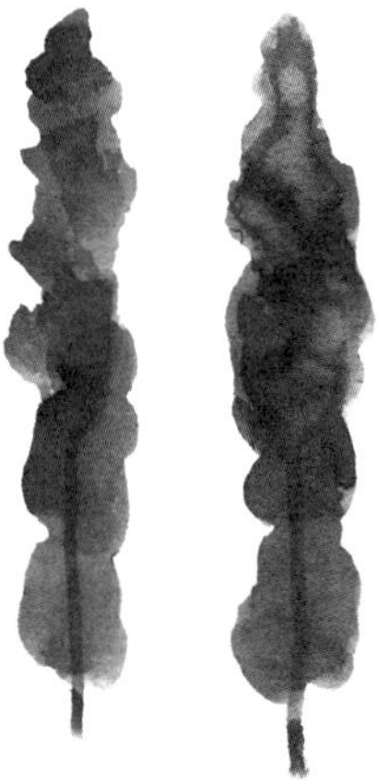

5 · Chapter

让开心成为一种习惯

幸福的开关

一直到现在，我每看到在街边喝汽水的孩童，总会多注视一眼。而每次走进超级市场，看到满墙满架的汽水、可乐、果汁饮料，心里则颇有感慨。

看到这些，总令我想起童年时代想要喝汽水而不可得的景况，在台湾初光复不久的那几年，乡间的农民虽不致饥寒交迫，但是想要三餐都吃饱似乎也不太可得，尤其是人口众多的家族，更不要说有什么零嘴饮料了。

我小时候对汽水有一种特别奇妙的向往，原因不在汽水有什么好喝，而是由于喝不到汽水。我们家是有几十口人的大家族，小孩依大排行就有十八个之多，记忆里东西仿佛永远不够吃，更别说是喝汽水了。

喝汽水的时机有三种，一种是喜庆宴会，一种是过年的年夜饭，一种是庙会节庆。即使有汽水，也总是不够喝，到要喝汽水时好像进行一个隆重的仪式，十八个杯子在桌上排成一列，依序各倒半杯，几乎喝一口就光了，然后大家舔舔嘴唇，觉得汽水的滋味真是鲜美。

有一回，我走在街上的时候，看到一个孩子喝饱了汽水，站在屋檐下呕气，呕——长长的一声，我站在旁边简直看呆了，羡慕得要死掉，忍不住忧伤地自问道：什么时候我才能喝汽水喝到饱？什么时候才能喝汽水喝到呕气？因为到读小学的时候，我还没有尝过喝汽水喝到呕气的滋味，心想，能喝汽水喝到把气呕出来，不知道是何等幸福的事。

当时家里还点油灯，灯油就是煤油，闽南语称作“臭油”或“番仔油”。有一次我的母亲把臭油装在空的汽水瓶里，放置在桌脚旁，我趁大人不注意，一个箭步就把汽水瓶拿起来往嘴里灌，当场两眼翻白、口吐白沫，经过医生的急救才活转过来。为了喝汽水而差一点丧命，后来成为家里的笑谈，却并没有阻绝我对汽水的向往。

在小学三年级的时候，有一位堂兄快结婚了，我在他结婚的前一晚竟辗转反侧地失眠了，我躺在床上暗暗地发愿：明天一定要喝汽水喝到饱，至少喝到呕气。

第二天我一直在庭院前窥探，看汽水来了没有。到上午九点多，看到杂货店的人送来几大箱的汽水，堆叠在一处，我飞也似的跑过去，提了两大瓶黑松汽水，就往茅房跑去。彼时的农村的厕所都盖在远离住屋的几十米之外，有一个大粪坑，几星期才清理一次，我们小孩子平时是很恨进茅房的，卫生问题通常是就地解决，因为里面实在太臭了。但是那一天我早计划好要在里面喝汽水，那是家里唯一隐秘的地方。

我把茅房的门反锁，接着打开两瓶汽水，然后以一种虔诚的心情，把汽水咕嘟咕嘟地往嘴里灌，就像灌蟋蟀一样，一瓶汽水一会儿就喝光了。几乎一刻也不停地，我把第二瓶汽水也灌进腹中。

我的肚子整个胀起来，我安静地坐在茅房地板上，等待着呕气，慢慢地，肚子有了动静，一股沛然莫之能御的气翻涌出来，呕——汽水的气从鼻子冒了出来，冒得我满眼都是泪水，我长长地叹了一口气：“这个世界上再也没有比喝汽水喝到呕气更幸福的事了吧！”然后朝圣一般打开茅房的木门，走出来，发现阳光是那么温暖明亮，好像从天上回到了人间。

每一粒米都充满幸福的香气

在茅房喝汽水的时候，我忘记了茅房的臭味，忘记了人间的烦恼，觉得自己是世界上最幸福的人，一直到今天我还记得那年叹息的情景，当我重复地说，“这个世界上再也没有比喝汽水喝到呕气更幸福的事了吧”，心里百感交集，眼泪忍不住就要落下来。

贫困的岁月里，人也能感受到某些深刻的幸福，像我常记得添一碗热腾腾的白饭，浇一匙猪油、一匙酱油，坐在“户定”（厅门的石阶）前细细品味猪油拌饭的芳香，那每一粒米都充满了幸福的香气。

有时候这种幸福不是来自食物，我记得当时我们镇上住了一位卖酱菜的老人，他每天下午的时候都会推着酱菜摊子在村落间穿梭。他沿路都摇着一串清脆的铃铛，在很远的地方就可以听见他的铃声。每次他走到我们家的时候，都在夕阳落下之际，我一听见他的铃声跑出来，就看见他浑身都浴在黄昏柔美的霞光中，那个画面、那串铃声，使我感到一种难言的幸福，好像把人心灵深处的美感全唤醒了。

有时幸福来自自由自在地在田园中徜徉了一个下午。

有时幸福来自看到萝卜田里留下来做种的萝卜，开出一片宝蓝色的花。

有时幸福来自家里的大狗突然生出一窝颜色都不一样的、毛茸茸的小狗。

生命的幸福原来不在于人的环境、人的地位、人所能享受的物质，而在于人的心灵如何与生活对应。因此，幸福不是由外在事物决定的，贫困者有贫困者的幸福，富有者有富有者的幸福，位尊权贵者有其幸福，身份卑微者也有其幸福。在生命里，人人都是有笑有泪；在生活中，人人都有幸福与忧恼，这是人间世界真实的相貌。

从前，我在乡间城市穿梭做报道访问的时候，常能深刻地感受到这一点，坐在夜市喝甩头仔米酒配猪头肉的人们，他感受到的幸福往往不逊于坐在大饭店里喝XO的富豪。蹲在寺庙门口喝一斤二十元粗茶的农夫，他得到的快乐也不逊于喝冠军茶的人。围在甘蔗园呼幺喝六，输赢只有几百元的百姓，他得到的刺激绝对不输于在梭哈台上输赢几百万的豪华赌徒。

这个世界原来就是个相对的世界，而不是绝对的世界，因此幸福也是相对的，不是绝对的。

由于世界是相对的，使得到处都充满缺憾，充满了无奈与无言的时刻。但也由于相对的世界，使得我们不论处在任何景况，都还有幸福的可能，能在绝壁之处也见到缝中的阳光。

我们幸福的感受不全然是世界所给予的，而是来自我们对外在或内在的价值判断，我们幸福与否，正是由自我的价值观来决定的。

以直观来面对世界

如果，我们没有预设的价值观呢？如果，我们可以随环境调整自己的价值判断呢？

就像一个不知道金钱、物质为何物的孩子，他得到一千元的玩具与十元的玩具，都能感受到一样的幸福。这是他没有预设的价值观，能以直观来面对世界，世界也因此以幸福来面对他。

就像我们收到陌生者送的贵重礼物，给我们的幸福感还不如知心朋友寄来的一张卡片。这是我们随环境来调整自己的判断。能透视物质包装内的心灵世界，幸福也因此来面对我们的心灵。

所以，幸福的开关有两个，一个是直观，一个是心灵的品味。

这两者不是来自远方，而是由生活的体会得到的。

什么是直观呢？

有源律师问大珠慧海禅师：“和尚修道，还用功否？”

大珠：“用功。”

“如何用功？”

“饿来吃饭，困来眠。”

“一切人总如是，同师用功否？”

“不同！”

“何故不同？”

“他吃饭时不肯吃饭，百种须索；睡时不肯睡，千般计较，所以不同也。”

好好地吃饭，好好地睡觉就是最大的幸福、最深远的修行，这是多么伟大的直观！在禅师的语录里有许多这样的直观，都是在教导启示我们找到幸福的开关，例如：

百丈怀海说：“如今对五欲八风，情无取舍，垢净俱亡，如日月在空，不缘而照；心如木石，亦如香象截流而过，更无滞碍，此人天堂地狱不能摄也。”

庞蕴居士说：“神通并妙用，运水与搬柴。”“好雪片片，不落别处。”

沩山灵祐说：“一切时中，视听寻常，更无委曲，亦不闭眼塞耳，但情不附物，即得。……譬如秋水澄渟，清净无为，澹泞无碍，唤他作道人，亦名无事之人。”

黄檗希运：“凡人多不肯空心，恐落空。不知自心本空，愚人除事不除心，智者除心不除事。”“终日吃饭，未曾咬着一粒米；终日行，未曾踏着一片地。与么时，无人我等相，终日不离一切事，不被诸境惑，方名自在人。”

在禅师的话语中，我们处处都看见了一个人如何透过直观，找到自心的安顿、超越的幸福。若要我说世间的修行人所为何事？我可以如是回答：“是在开发人生最究竟的幸福。”这一点禅宗四祖道信早就说过了，他说：“快乐无忧，故名为佛！”读到这么简单的句子使人心弦震荡，久久还绕梁不止，这不是人间最大的幸福吗？

只是在生命的起落之间，要人永远保有“快乐无忧”的心境是何其不易，那是远远越过了凡尘的青山与溪河的胸怀。因此另一个开关就显得更平易了，就是心灵的品味，仔细地体会生活环节的真义。

垂丝千尺，意在深潭

现代诗人周梦蝶，他吃饭很慢很慢，有时吃一顿饭要两个多小时，有一次我问他："你吃饭为什么那么慢呢？"

他说："如果我不这样吃，怎么知道这一粒米与下一粒米的滋味有什么不同。"

我从前不知道他何以能写出那样清新空灵、细致无比的诗歌，听到这个回答时，我完全懂了，那是自心灵细腻的品味，有如百千明镜鉴像，光影相照，使人们看见了幸福原是生活中的花草，粗心的人践花而过，细心的人怜香惜玉罢了。

这正是黄龙慧南说的："高高山上云，自卷自舒，何亲何疏；深深涧底水，遇曲遇直，无彼无此。众生日用如云水，云水如然人不尔。若得尔，三界轮回何处起？"

也是克勤圆悟说的："三百六十骨节，一一现无喧妙身；八万四千毛端，头头彰宝王刹海。不是神通妙用，亦非法尔如然，苟能千眼顿开，直是十方坐断！"

众生在生活里的事物就像云水一样，云水如此，只是人不能自卷自舒、遇曲遇直，都保持幸福之状。保有幸福不是什么神通，只看人能不能千眼顿开，有一个截然的面对。

"垂丝千尺，意在深潭。"我们若想得到心灵真实的皈依处，使幸福有如电灯开关，随时打开，就非时时把品味的丝线放到千尺以上不可。

人间的困厄横逆固然可畏，但人在横逆困厄之际，没有自处之道，不能找到幸福的开关才是最可怕的。因为这世界的困境牢笼不光为我一个人打造，人人皆然，为什么有的人幸福，有的人不幸，实在值得深思。

我的一位朋友，是一家大公司的经理，有一天，我约他去吃番薯稀饭，他断然拒绝了。

他说："我从小就是吃番薯稀饭长大的，十八岁那一年我坐火车离开彰化家乡，在北上的火车上就对天发誓：这一辈子我宁可饿死，也不会再吃番薯稀饭了。"

我听了怔在当地。就这样，他二十年没有吃过一口番薯，也许是这样决绝的志气与誓愿，使他步步高升，成为许多人欣羡的成功者。不过，他的回答真是令我惊心，因为在贫困岁月抚养我们成长的番薯是无罪的呀！

当天夜里，我独自去吃番薯稀饭，觉得这被视为卑贱象征的地瓜，仍然滋味无穷。我也是吃番薯稀饭长大的，但不管何时何地吃它，总觉得很好，充满了感恩与幸福。

走出小店，仰望夜空的明星，我听到自己步行在暗巷中清晰而渺远的足音，仿佛是自己走在空谷之中，我知道，我们走过的每一步不一定是完美的，但每一步都有值得深思的意义。

只是，空谷足音，谁愿意驻足聆听呢？

让开心成为一种习惯

已看惯了太阳的东升西落，月亮的阴晴圆缺；习惯了春夏秋冬的冷暖，世间万物的改变，却很难看淡人间的悲欢离合、情仇恩怨，更难将伤心难过看得风清云淡。经过了很多年的改变以后，将开心当成了一种习惯，于是我发现我的开心感染了很多人，人们问我为什么的时候，我只说：开心是一种习惯！

以前常常讨厌世人那些所谓的好心忠告，因为明明知道没有几个人能做得到，事事喜欢去斤斤计较，到头来伤心难过的只是自己。常常听不习惯朋友的花言巧语，看不习惯朋友的惺惺假意，突然恨透了这个世界，感觉到处都是虚伪的面孔。

也许是因为经历得太多，也许是因为个人没有办法改变这个社会的情况下只能顺应了这个社会，于是喜欢上西门子公司的一句企业文化："请愉快地工作"，并改成了"请开心地生活"。的确，开心与不开心，都要过一天二十四个小时，何不开心地度过每一天呢？

当然，没有哪个人在面对伤心和难过的时候还可以傻笑，但是，你却可以在最短的时间内去调整自己的心态。要知道伤心不是解决问题的最好办法，于是，我将那句话刻在了心里："请开心地生活"。这样时时刻刻提醒自已，我应该开心地过每一天，因为我像所有人一样，希望自已能过得好一点，虽然不能从物质上满足自已，但是已学会弥补自己心灵上的空虚。

人的一生，总有学不完的知识，总有领悟不透的真理，总有一些有意或者无意的烦心事闯到心里来。总之，人生之梦，顺少逆多，一辈子不容易，千万不要总是跟别人过不去，更不要跟自己过不去。书上云：看别人不顺眼是自己的修养不够。想一下也是，因为每个人的出身背景、受教育程度、受社会影响都是不一样的，在你看不惯别人的同时，是否别人也看不惯你呢？所以开心地去面对每一个人，要学会看朋友身上的优点，学习朋友身上的优点，朋友的缺点正是你最好的反面教材，如果你也有这样的缺点请及时改善，不正是你所期望的吗？

开心不仅仅是心里的感觉，而是因为你有了开心的感觉，于是别人可以从你的脸上读到微笑，读到开心。如果你在生活中比较细心的话，你就会知道世间最美丽的表情就是微笑，如果你天天想拥有世间最美丽的表情，那么请把开心当成一种习惯吧！

心随境转是凡夫，境随心转是圣贤。

用惭愧心看自己，用感恩心看世界。

快乐的思想

有个流浪者来到一座城市，遇到了守城的人，流浪者告诉守城的人，他离开了家乡，想搬到这座城市来。

“这是个怎样的城市呢？”流浪者问。

“你的家乡是一个怎样的城市呢？”守城的人反问他。

“那是个糟透了的烂地方，政府腐败，人民互相仇视，很多人失业。”流浪者愤愤地说。

“你会发现这个城市和你的家乡没有两样。”守城的人说。

流浪者听了，掉头而去。

过了些时候，又有一个人提着箱子要进城。

“这是个怎样的城市呢？”那人问道。

“你来自怎样的城市呢？”守城的人反问他。

“喔！那是个可爱的地方。”打算进城的人说，“政府勤政爱民，百姓温和友善，只可惜因为工作的关系，我必须搬到这儿来。”

“你会发现这个城市也一样。”守城的人答道。

那人于是高高兴兴地进城去了。

我坐在溪边读到这个故事，忍不住笑了，正像这个故事一样，我们的思想正是决定我们一生的最重要的关键。当我抬起头来，看到清澈的溪流潺潺流过，溪两岸的树木青翠碧绿，感觉到台湾乡间的景致多么宜人，我多么感恩能生长在这样润泽秀丽的地方。

这次回乡度暑假，随手带了几本在书架上放了很久、没有时间看的书回来，一本是露易丝·海的《生命的重建》，一本是《如莲的喜悦》，一本是艾伦·科恩的《智慧的河流》。

每天，或者是带孩子到鼓山顶上游戏，或者到美浓的双溪玩水，我就随身带几本书到山上或溪边去阅读，那种心情非常愉悦而优美，读这几本书却仿佛与老友重逢，好像随着一些简单有效的叙述，重新印证了自己长久以来的思维。

这三本书共同指涉的一种思维就是要有“快乐的思想”，快乐的思想乃是建立幸福人生的第一步，一个人没有快乐的思想，那么尽管用尽一切努力，可能还是会落败落空。一旦快乐的思想被建立起来，即便生活悠闲单纯，幸福乃至人间的美善都会自然地来到。

正如在书里的一个故事：

一个人走向三个砌砖的工人，问他们在做什么。第一个人回答道：“我在砌砖。”

第二个工人回答道：“我在砌一面墙。”

第三个工人带着安详与喜悦说道：“我在盖一座教堂。”

有了快乐的思想，同样是在人生里砌砖，心里会多了一份喜悦、安详、庄严。

为快乐的思想砌砖，第一步是要喜爱自己，“要对自己有极大的尊重心”，以及“对自己的生命、心意、身体，有深深的感激之意”。因为“人在自暴自弃的时候，聪明的会变蠢，健康的会多病，福不至，心不灵”。快乐的思想是生命的润滑油，可以使生命运行无碍，失去快乐的思想则会百病丛生，这些，最基本的是喜爱自己。

其次，要去除“憎恨”“批评”“内疚”“恐惧”四种坏习惯，也就是革除生命的负面情结，重新学习爱与宽容。负面的情结有如鞭子，曾经无情地鞭笞我们的心灵，但是他们早就过去了、离开了，我们的负面情绪则捡起他们遗留的鞭子，自己鞭打自己。因此，我们要来砌“宽容”的砖。

第三步要专注，也就是活在当下，旧的、过去的，已经影响过我们的生命，我们可以使它不再发生作用，我们可以善用当下，创造出一个崭新的生命，就像许多事物的追寻一样，精神意识的追寻必须从现在开始，我们往往因为想在“适当”的时间与“适当”的地点开始，而从未开始过。

第四步要放松，彻底的放松是使身心健康最重要的方法。“要知道所有真正属于自己的东西，并不会被他人夺去，实在大可放心。”“从宇宙观点来说，人生就是一场游戏，大地就是游戏场，每一生即是一场游戏，而目标就是觉醒与了悟，或任何我们认定的人生目标。”因为放松，我们就能放下，也能以游戏一样坦然的心来看人生。

露易丝·海是美国极著名的心理治疗师，她从来不用药物，治疗过千千万万的病人，甚至治疗了许多癌症病患，她自己在中年时罹患癌症，也是靠快乐的思想治疗的，最后我们来引用几段她的话作为结尾：

如果我们自己坚持相信下雨天是坏的一天，那么，每当下雨的时候，我们的心都会因此沉下来，人变得很不开朗。我们会抗拒这下雨的一天，而不懂得顺应此时此刻。

事实上，天气并没有“好”与“坏”之分，天气就是天气，但若是我们把下雨天看成是“坏”，影响了情绪，下雨天便真的是“坏”了。

一个人要得到一个快乐的生命，就先要有快乐的思想；要有一个旺盛的生命，就先要有旺盛的思想；要有一个充满慈爱的生命，就先要有充满慈爱的思想。

正向时刻

狗的享受

路过家附近的一家银行，发现门口或坐或趴着五条狗，这五条狗原来是在市场附近的野狗，我认识的，它们本来各占据一处，怎么会同时一起坐在银行前面呢？银行对狗的价值应该还不如路边的面摊，为什么狗不去蹲面摊而要来银行呢？我感到十分好奇。

更使我好奇的是，这五条狗的脸上都流露出非常满足的神情。于是我站在那里研究狗为什么会这么满足？为什么整条街都不去，偏偏聚在银行的门口。

十分钟以后，我找到答案了，因为银行的冷气开得很强，又是自动门，进出者众，每每有人出入，里面的冷气就会一阵阵地倾泻而出，那些狗是聚在银行门口享受冷气呢！

七月，中午，在台北，有冷气真享受，连狗也知道。

台北秘籍

与朋友去信义路、基隆路口新开的诚品书店看书，无意间发现一张《台北书店地图》。

地图以浅咖啡色做底，仿佛一页撕下来的线装书页，非常淡雅，一张一百元。看到这张地图，我真是开心极了，台北有这么多的书店，台北还是很可爱的。

想到不久前在欧克斯家具店找到的《台北东区市街图》，或者我想，可以出版一本书，书里全是分门别类的地图，例如《咖啡店地图》《书廊地图》《名牌服饰地图》《茶艺馆地图》《花店地图》《古董店地图》《餐厅店地图》，等等。

对了，或者可以有一张《特殊商店地图》，例如后火车站有一家很大的“线装”，历史悠久，只卖各种针线的；基隆路有一家“大蒜专卖店”，只卖各种大蒜制品；统领百货巷内有一家卖天然茶的店，好像叫“小熊森林”；松山有一家只卖普洱茶叶的“普洱茶专卖店”……

这些地图可以让我们看出台北的好。

是不是可以邀请许多艺术家，每一位为台北绘出一张这样的地图，让初到台北的人也知道，台北有许多特色，是不逊于欧洲的。

这样一本地图，书名可以叫作“台北秘籍”，副题是“专供初到台北的武林人物在午后秘密演练”。呀！想了就很开心。

坐火车的莲花

逛完书店，散步回家，惊见家门口有一株玫瑰，四朵宝蓝色莲花，靠在门上，站立着。

花里夹着一张便条。

原来是一位住在中坜的朋友。他从中坜火车站搭车要到基隆去看女朋友，看到花店，想买一朵玫瑰花送给女朋友。进了花店，看到四朵宝蓝色莲花联想到我，觉得顺路到松山，把莲花送我，再到基隆，送玫瑰花给女友，行程就很完美了。

他在松山下车，步行到我家，原本要放了花就走，但大厦管理员对他说：“林先生有黄昏散步的习惯，又穿拖鞋短裤，很快会回来的。”结果我去逛书店，他在门口枯等许久，一直到天黑才离去。

至于那朵要送女朋友的玫瑰，算算去基隆时间太晚了，“附赠女友玫瑰一朵”，人就回中坜了。

朋友留下的那封短笺，里面有格言似的留语：“在这个世间，只要不会伤害别人的事，想做什么，就立刻去做吧。”

我把莲花和玫瑰插在花瓶，心想，有些朋友真像花园中的花突然绽放，时常令人惊喜，下次也要想个什么方法，让他惊喜一下，或者两三下。

条纹玛瑙

暑假到了，在国外的朋友纷纷回来过暑假。

一个朋友从美国马利兰回来，特地来看我，送一个沉重的东西给我，说：“送你一块石头，不成敬意。”

打开，是一块条纹玛瑙，大如垒球，有一公斤重，上半部纯红，下半部红、黄、白、绿条纹相间，真的是美极了。

“真是谢谢你！”我诚挚地说，企图掩藏心里的狂喜，由于朋友是腼腆的人，我担心没有掩饰的惊喜会吓到他，所以就刻意淡化了内心的欢喜。

朋友走了，我在书房里抱着那块条纹玛瑙，高呼万岁，不是因为它的昂贵，而是因为它的美，还有超越时空的友谊。

埔里荔枝

在埔里等候“国光”号的车北上时，尚有二十分钟，我就在车站附近逛逛。

我看到一家水果行，想到埔里的特产是荔枝和甘蔗，便买了一株甘蔗、十斤荔枝，真不敢相信甘蔗和荔枝都是一斤二十五元，几天前在台北买荔枝，一斤六十元。

“国光”号上，先吃了荔枝，是子细肉肥的品种，鲜美极了。

然后吃甘蔗，脆嫩清甜，名不虚传，果然是埔里甘蔗。

回到台北，齿颊仍留着香气，四小时的车程，仿佛刹那。

处处莲花开

生命里有许多正向时刻，也有许多负向时刻，一个人快乐的秘诀，便是抓住那正向的时刻，使它更充盈；转化负向的时刻，使它得到清洗。

有人对我们深深地微笑，乡间道上的油麻菜开花了，炎热的夏天午后突来的阵雨和凉风，一双蝴蝶突然飞过窗边，在公园里偶然看到远天的彩虹，读一本好书，听一段动听的音乐……

每天，有一些正向的时光，便有好心情走向明天；时时有正向的时刻，生命便无限美好。日日是好日，处处莲花开。

严肃，是一种病

一九九四年的诺贝尔文学奖得主大江健三郎，作品以艰涩难读著称，但是他的个性却温和幽默。他的生活明朗、作品沉郁，这两种完全不同的特质交集，源于他有一个智障的儿子大江光。

大江健三郎在青年时代就把文学作为人生的第一个壮志来追求，年轻时就受到日本文坛的注目，没想到三十一岁时生下第一个孩子大江光，是一个头盖骨不全的重度智障儿。

根据大江健三郎的回忆，大江光是在广岛出生的。当时广岛正在举行反核大游行，健三郎怀着混乱的心情去参加。大会之后，一群原爆牺牲者的亲属，聚集在河边追悼死者，并为死去的人放河灯。他们把死者的名字写在灯笼上，让灯笼随水漂流。

怅望河水，被绝望的心情包围的健三郎，也为大江光放了一个河灯，随水流去。他在心里希望，自己的孩子就那样死去。

随后不久，大江健三郎去访问原爆医院。院长告诉他，医院里有一些年轻医生，由于触目所见都是求生不得、求死不能的病人，自己又不能为病人解除痛苦，终于积郁自杀，因而造成了身受痛苦的病人挣扎求生，身无病痛但过度严肃的医生反而自杀的荒谬情况。

大江健三郎听了大有所悟，回东京后立刻请医生为大江光开刀，并立下第二个人生的壮志：与大江光共同活下去。

大江光虽是智障儿，又犯有严重的癫痫，但在父母亲细心的照护下，不只心灵澄明无染，还对音乐有超凡的才华。如今大江光出版了两张个人音乐专辑《大江光的音乐》《萨尔斯堡》，引起日本乐坛的震撼，甚至被称为“日本古典乐坛的奇葩”。

在大江健三郎获得诺贝尔文学奖后的一场演讲会上，他对听众自嘲说：“据说我儿子的音乐所以受到欢迎，是因为有催眠曲的效果。如果有人听了大江光的音乐还睡不着，就请看我的书吧！”

我读了大江健三郎的报道，心里突然浮起“严肃，是一种病”这句话。就像在原爆医院自杀的医生一样，他们的严肃所带来的伤害反而比受辐射的病人严重得多。一个人对待生活过于严肃，甚至可以严重到失去生命的意趣呢！

最近在柏林影展获得最佳女主角奖的喜剧演员萧芳芳，她认为即使最严肃的题材也要有幽默感，她说：“我对喜剧是情有独钟的，因为人生已经够苦了，能够带给别人欢乐，是一件好事。”

萧芳芳在实际生活中也饱受打击。她幼年丧父，少女时代经历过不顺利的婚姻，中年罹患了严重耳疾，即便在得奖的时刻还照顾着患了老年痴呆症的母亲。

虽然生命有这么多的历练，但是由于萧芳芳有幽默感，使她保有充沛的创造力，总是那么可亲、喜悦、优雅，远非只靠美貌的女星可比。

当今之世最长寿的人为法国女子尚妮·加蒙，最近度过一百二十岁的生日。路透社的记者问她长寿的秘诀，她说：“常保笑容，我认为这是我长寿的要诀，我要在笑中去世，这是我的计划之一。”

她对疾病、压力、沮丧有绝佳的抵抗力，对每件事都感兴趣但又不过于热衷，一直到一百二十岁，还保持极佳的幽默感，既乐天，又喜欢开玩笑。她说：“我总共只有一条皱纹，而我就坐在它上面。”“我对凡事都感兴趣。”“上帝已忘了我的存在，他还不急着见我，他知我甚深。”

能一直轻松喜乐地活到一百二十岁，真是幸福的事。想一想，有许多人才二十岁就活得很不耐烦了呢！

听说日本这几年兴起一种补习班，叫作“微笑补习班”。许多人都缴费去学习微笑，因为在现代社会，人们早就忘记该怎么欢笑了。

微笑还需要补习，其中实有深意，因为微笑人人都会，但许多人都留在“技术层面”，有的是“皮笑肉不笑”，有的是“肉笑心不笑”，如果要“从心笑起”，就需要学习了。

想要“从心笑起”，大概要具备几个基本的素质：一是游戏的心情，二是包容的胸怀，三是幽默的态度。

没有游戏的心情，就会对苦乐过于执着，对成败过于挂怀，便难以在苦中作乐，品尝生命的真味。

没有包容的胸怀，就会思想僵化，不能容纳异见，难以接受批评，把别人视为寇仇，处处设限，也就难以日日欢喜了。

没有幽默的态度，就不懂得自嘲，不知甘于平凡，也不会对世事一笑置之，就会常画地自限，想不开了。

严肃，真的是一种病。那些外表严肃、内心充满怨恨的人，是生病了。那些以自我为中心、不能轻松的人，是生病了。那些执着于财势名位、不能放下的人，也是生病了。

如果严肃真的是一种病，现代人大部分是生病了，只是轻重缓急的不同罢了。

我们应该认识这种病，革除这种病，让我们懂得笑，懂得游戏，懂得包容，懂得轻松和幽默。

每天早晨，和我们会面的熟人真情一笑，和我们错身而过的陌生人点头微笑，或者，拯救社会就是从这里做起呢！

“人生已经够苦了，能够带给别人欢乐，是一件好事。”

快乐真平等

有一个社团来请我演讲，令我感到意外的是，这社团参加的人至少都拥有上亿的财富。

我从来没有为这么有身价的人演讲过，便询问来联络的人："这些有财富的人要知道什么呢？"

"因为他们拥有太多的财富，有一些人已经失去快乐的能力！"

"怎么会呢？有钱不是很好的事吗？"我感到疑惑，可能是我从未想象有那么多财富，因而无从理解。

"会呀！一般人如果多赚一万元会快乐，对有十亿财产的人，多赚一百万也不及那样快乐。有钱人吃也不快乐，因为什么都吃过了，不觉得有什么特别好吃。穿也不快乐，买昂贵衣服太简单，不觉得穿新衣值得惊喜。甚至买汽车、买房子、买古董都是举手之劳，也没有喜乐了。钱到最后只是一串数字，已经引不起任何的心跳了。"

不只如此，这位有钱人的秘书表示，富有的人由于长时间的养尊处优，吃过于精致的食物，缺乏体力劳动，健康普遍都亮起黄灯和红灯，高血压、心脏病、糖尿病者比比皆是。

他说："林先生，到底有什么方法可以让有钱的人也得到快乐，拥有健康的身心呢？"

这倒使我困惑了，这世界上似乎有许多的药方，以及祖传的秘方，却没有一种是来治愈不快乐的，如果有人发明了这种秘方，他可能很快变成富有的人，连自己都会因财富而失去快乐的能力了。

我时常觉得，这世界在最究竟的根源一定是非常公平的，这不只是由于因果观点，而是一个人在一生中所能享有的福气有限，一旦在某方面有所得，在另一方面必然会有所失。虽然一个人也可能又有财富，又有权势，又有名声，又有健康，又有娇妻美眷，又能快乐无忧，但这种人千万不得一，大部分人都是站在跷跷板上，一边上来，另一边就下去了。

对于富人的问题，宋代思想家林逋在《省心录》中说："安乐有致死之道，忧患为养生之本。"又说，"心可逸，形不可不劳；道可乐，身不可不忧。"意思是在生活上适度地欠缺，其实是好的，适度地劳动或忧患，不仅对人的身心有益，也才能体会到幸福的可贵。《左传》里说得更清楚："善人富谓之赏，淫人富谓之殃。"（和善清净的人富有了，是上天的奖赏；纵欲淫邪的人富有了，正是灾祸的开始）

清朝的魏源在《默觚下》中说："不幸福，斯无祸；不患得，斯无失；不求荣，斯无辱；不干誉，斯无毁。"对得失与代价的关系说得真好。生活的喜乐也是如此，想想幼年时代物质缺乏严重，不管吃什么都好吃，穿什么新衣都开心，换了一床新棉被可以连续做一个月的好梦——事实上，在最欠缺的时候，一丝丝小小的得，也就有无限的幸福；什么都不缺的时候，却是幸福薄似纱翼的时候呀！

我很喜欢李商隐的两句诗："欲就麻姑买沧海，一杯春露冷如冰。"（我想从麻姑仙子那里把沧海买下来，没想到她的沧海只剩下一杯冰冷的春露）我们在人生历程的追求不也如此吗？财富、名位都只是一杯冰冷的春露！

但富人不是不能快乐，只要回到平凡的生活，不被财富遮蔽眼睛，发掘出人的真价值，多劳作、多流汗；培养智慧的胸怀，不失去真爱与热情，则人生犹大有可为，因为比财富珍贵的事物多得是。

如果埋身于财富，不能解脱，那么"末大必折，尾大不掉"（树枝末梢太粗

大，树干一定折断；动物的尾巴太大了，就不能自由地摇动了。语出《左传》）。如何能有快乐之日？心里不自由，身体自然难以健康了。

不过，我对富者的建议，可能是不切实际的，因为我不是富人，无从知悉他们的烦恼。

假如富人也还是人，我的意见就会有用了。站在人本的立场，这世间的快乐和痛苦还真平等呢！

真心相待

带孩子去买鞋子，一开始，店员小姐还蛮热心的，试穿了几双，她开始有不耐烦的表情。孩子喜欢的样子，不是太大，就是太小；正好合脚的鞋子，式样都不是孩子喜欢的。

最后我们决定不买，当我对店员小姐赔笑脸地说："对不起，我们再看看好了。"她的脸立刻拉了下来，臭不可视，我想起一句乡下人常说的俚语："那种脸，就像不知道你欠她多少会钱同款"。我立刻拉着孩子逃出店外，孩子幽默地说："爸爸，又一家拒绝往来户。"我们都笑起来，我心里暗自决定：即使以后需要打赤脚，也绝不会向这一家买鞋子。

其实，这一种情况不是偶然发生的，只要在台北买东西，隔几天就会遇到一次，那些态度恶劣的店员脸上时常写着轻蔑、怨恨的表情，仿佛不买东西就是欠了她一样，完全不知道服务精神是什么。我时常想，要把一家商店搞垮，最容易的方式就是请两个臭脸的小姐，像门神一样，包管可以做到"闲人免进，童叟必欺"的地步，那么再好的店也是不久就垮了。

因为买东西的人有很多选择，何必去受气呢？所以一遇到这种"内有恶姐"的商店，我一律将之列为"拒绝往来户"，就算里面有一斤黄金卖三元，我也不会再去"交关"了。

我一直想不通的是，这些店员小姐哪里来那么大的火气？她们不上班的时候也是这个样子吗？难道她们心里对顾客、老板没有一点感恩之念吗？甚至，难道她们没有受到一点工作与服务的训练吗？

但是，我可以确定的是，一天如果几十次臭脸摆下来，这位小姐的美丽与性情一定会大变，内心里也会饱受折磨。我还可以确定，服务这么差的小姐，前途绝对不会有发展的，只好一辈子痛苦地做店员。我更可以确定，有她在的店生意一定不会好。

一个店员不能和善礼貌地对待顾客，可能与训练或待遇没有直接关系，更重要的是，没有学到如何真心地善待别人，形诸于外，就是服务精神不佳，从内心来说，就是人格不健全。因为人格健全的人，不会少卖一双鞋子，就立刻怨恨生气的；人格健全的人也不会因为做店员而感到自卑不悦。以服务业来说，店员是一个最敏锐与高尚的行业，其地位有如军队里在最前线的战士，他的基本动作、战技、自信、勇气，平时是象征一个部队的形象，实战的时候则靠它们取胜。

如果没有好的战士，再好的司令、指挥官、防御工事、武器，都还是要打败仗的；如果没有好的店员，再名贵的品牌、再华丽的店都是要倒店的。

有一天，我在百货公司化妆品专柜，看到一位小姐不断地在纸上写字，我好奇探头一看，发现满纸写满了同一个“忍”字，使我感触很多，她是在忍什么呢？忍耐工作？或是忍耐顾客呢？

能忍已经不错了，表示对自己的工作“认命”，谁叫我们做了店员呢？做店员就是要认命地服务。但能不忍更好，从内心里真心对待顾客，就像对我们自家的人，还有什么痛苦可言？

我喜欢看在超级市场、超商、速食店工读的的学生，他们的待遇比不上一个店员，可是他们充满朝气、有活力，不怨叹工作，我总是在一边想着：这些工读生卧虎藏龙，将来的世界一定是他们的天下，他们绝对不会一辈子做店员的。

反过来说，假如一个人连店员都做不好，还能期待他做出什么伟大的事呢？

让我们多一点真心的对待吧！多给别人一个微笑、一点宽容、一些关怀，否则，在商店成为拒绝往来户还不要紧，万一成为人生里被拒绝往来的人，就很可悲了。

生活中美好的鱼

在金门的古董店里，我买到了一个精美的大铜环和一些朴素的陶制的坠子。

这是我从未见过的东西，使我感到疑惑。

古董店的老板告诉我，那是从前渔民网鱼的用具，陶制的坠子一粒一粒绑在渔网底部，以便下网的时候，渔网可以迅速垂入海中。

大铜环则是网眼，就像衣服的领子一样，只要抓住铜环提起来，整个渔网就提起来了，一条鱼也跑不掉。

夜里我住在梧江招待所，听见庭院里饱满的松果落下来的声音，就走到院子里去捡松果。秋天的金门，夜凉如水，空气清凉有薄荷的味道，星星月亮一如水晶，我突然想起韦应物的一首诗《秋夜寄邱员外》：

怀君属秋夜，散步咏凉天。

空山松子落，幽人应未眠。

想到诗人在秋天的夜晚，散步于薄荷一样凉的院子里，听见空山里松子落下的声音，想到那幽静的人应该与我一样在夜色中散步，还没有睡着吧！忽然感觉韦应物的这首诗不是寄给邱员外，而是飞过千里、穿越时间，寄来给我的吧！

回到房中，我把拾来的松果放在那铜环与陶坠旁边，觉得诗人的心与我的心十分接近。诗人、文学家、艺术家，乃至一切美的创造者，正是心里有铜环和陶坠的人。在茫茫的生命大海中，心灵的鱼在其中游来游去，一般人由于水深海阔看不见美好的鱼，或者由于粗心轻忽，鱼就游走了。

有美好心灵、细腻生活的人，则是把陶坠子深深沉入海中，由于铜环在手，波浪的涌动和鱼的游动都能了然于心，垂丝千尺，意在深潭，捕捉到那飘忽不定的思想的鱼，观点的鱼。

作为平凡人的喜乐，就是每天在平淡的生活里找到一些智慧的鱼，时时在凡俗的日子捞起一些美好的鱼。

让那些充满欲望与企图的人，倾其一生去追求伟大与成功吧！

让我们擦亮生命的铜环和生活的陶坠子，每天有一点甜美、一点幸福的感情，就很好了。

夜里散散步，捡拾落下的松果，思念远方的朋友，回想生命的种种美好经验，这平淡无奇的生活，自有一种清明、深刻和远大呀！

怀君与怀珠

在清冷的秋天夜里，我穿过山中的麻竹林，偶尔抬头看见了金黄色的星星，一首韦应物的短诗突然从我的心头流过：

怀君属秋夜，散步咏凉天。

空山松子落，幽人应未眠。

我很为这瞬间浮起的诗句而感到一丝震动，因为我到竹林，并不是为了散步，而是到一间寺院的后山游玩，不觉间天色就晚了（秋天的夜有时来得出奇地早），我就赶着回家的路，步履是有点匆忙的。并且，四周也没有幽静到能听见松子的落声，根本是没有一株松树的，耳朵里所听见的是秋风飒飒的竹叶（夜里有风的竹林还不断发出咿咿歪歪的声音），为什么这一首诗会这样自然地从心田里升了出来?

也许是我走得太急切了，心境突然陷于空茫，少年时期特别钟爱的诗就映出来了。

我想起了上一次这首诗流出心田的时空，那是前年秋天我到金门去，夜里住在招待所里，庭院外种了许多松树，金门的松树到秋冬之际会结出许多硕大的松子。那一天，我洗了热乎乎的澡，正坐在窗前擦拭湿了的发，忽然听见院子里传来哔哔剥剥的声音，我披衣走到庭中，发现原来是松子落在泥地的声音。“呀！原来松子落下的声音是如此地巨大！”我心里轻轻地惊叹着。

捡起了松子捧在手上，韦应物的诗就跑出来了。

于是，我真的在院子里独自地散步，虽然不在空山，却想起了从前的、远方的朋友，那些朋友有许多已经多年不见了，有一些也失去了消息，可是在那一刻仿佛全在时光里会聚，一张张脸孔，清晰而明亮。我的少年时代是极平凡的，几乎没有什么可歌可泣的事迹，但是在静夜里想到曾经一起成长的朋友，却觉得生活是可歌可泣的。

我们在人生里，随着岁月的流逝而感觉到自己的成长（其实是一种老去），会发现每一个阶段都拥有了不同的朋友，友谊虽不至于散失，聚散却随因缘流转，常常转到我们一回首感到惊心的地步。比较可悲的是，那些特别相知的朋友往往远在天际，泛泛之交却近在眼前，因此，生活里经常令我们陷入一种人生寂寥的境地。“会者必离”“当门相送”，真能令人感受到朋友的可贵，朋友不在身边的时候，感觉到能相与共话的，只有手里的松子，或者只有林中正在落下的松子！

在金门散步的秋夜，我还想到《菜根谭》里的几句话：“风来疏竹，风过而竹不留声；雁渡寒潭，雁去而潭不留影。故君子事来而心始现，事去而心随空。”朋友的相聚，情侣的和合，有时心境正是如此，好像风吹过了竹林，互相有了声音的震颤，又仿佛雁飞过静止的潭面，互相有了影子的照映，但是当风吹过，雁飞离，声音与影子并不会留下来。可惜我们做不到那么清明一如君子，可以“事来而心始现，事去而心随空”，却留下了满怀的惆怅、思念与惘然。

平凡人总有平凡人的悲哀，这种悲哀乃是寸缕缠绵，在撕裂的地方、分离的处所，留下了丝丝的穗子。不过，平凡人也有平凡人的欢喜，这种欢喜是能感受到风的声音与雁的影子，在吹过飞离之后，还能记住一些锥心的怀念与无声的誓言。悲哀有如橄榄，甘甜后总有涩味；欢喜则如梅子，心酸里总有回味。

那远去的记忆是自己，现在面对的还是自己，将来不得不生活的也是自己，为什么在自己里还有另一个自己呢？站在时空之流的我，是白马还是芦花？是银碗或者是雪呢？

我感觉怀抱着怀念生活的人，有时像白马走入了芦花的林子，是白茫茫的一片，有时又像银碗里盛着新落的雪片，里外都晶莹剔透。

在想起往事的时候，我常惭愧于做不到佛家的境界，能对境而心不起。我时常有的是对于逝去的时空有一些残存的爱与留恋，那种心情是很难言说的，就好像我会珍惜不小心碰破口的茶杯，或者留下那些笔尖磨平的钢笔。明知道茶杯与钢笔都已经不能再使用了，也无法追回它们如新的样子，但因为这只茶杯曾在无数的冬夜里带来了清香和温暖，而那支钢笔则陪伴我度过许多思想的险峰，记录了许多过往的历史，我不舍得丢弃它们。

人也是一样的，对那些曾经有恩于我的人，那些曾经爱过我的朋友，或者那些曾经在一次偶然的会面启发过我的人，甚至那些曾践踏我的情感、背弃我的友谊的人，我都有一种不忘的本能。有时不免会苦痛地想，把这一切都忘得干净吧！让我每天都有全新的自己！可是又觉得人生的一切如果都被我们忘却，包括一切的忧欢，那么生活里还有什么情趣呢？

我就不断地在这种自省之中，超越出来，又沦陷进去，好像在野地无人的草原放着风筝，风筝以竹骨隔成两半，一半写着生命的喜乐，一半写着生活的忧恼，手里拉着丝线，飞高则一起飞高，飘落就同时飘落，拉着线的手时松时紧，虽然渐去渐远，牵挂还是在手里。

但，在深处里的疼痛，还不是那些生命中一站一站的欢喜或悲愁，而是感觉在举世滔滔中，真正懂得情感、知道无私地付出的人，是愈来愈少见了。我走在竹林里听见飒飒的风声，心里却浮起“空山松子落，幽人应未眠”的句子，正是这样的心情。

韦应物寄给朋友的这首诗，我感受最深的是“怀君”与“幽人”两词，怀君不只是思念，而有一种置之怀袖的情致，是温暖、明朗、平静的，当我们想起一位朋友，能感到有如怀袖般贴心，这才是“怀君”！而幽人呢？是清雅、温和、细腻的人，这样的朋友一生里遇不见几个，所以特别能令人在秋夜里动容。

朋友的情义是难以表明的，它在某些质地上比男女的爱情还要细致，若说爱情是彩陶，朋友则是白瓷，在黑暗中，白瓷能现出它那晶明的颜色；而在有光的时候，白瓷则有玉的温润，还有水晶的光泽。君不见在古董市场里，那些没有瑕疵的白瓷，是多么名贵呀！

当然，朋友总有人的缺点，我的哲学是，如果要交这个朋友，就要包容他一切的缺点，这样，才不会互相折磨、相互受伤。

包容朋友就有如贝壳包容怀里的珍珠一样，珍珠虽然宝贵而明亮，但它是有可能使贝壳受伤的，贝壳要不受伤只有两个法子：一是把珍珠磨圆，呈现出其最温润光芒的一面；一是使自己的血肉更柔软，才能包容那怀里外来的珍珠。前者是帮助朋友，使他成为“幽人”；后者是打开心胸，使自己常能“怀君”。

我们在混乱的世界希望能活得有味，并不在于能断除一切或善或恶的因缘，而要学习怀珠的贝壳，要有足够广大的胸怀来包容，还要有足够柔软的风格来承受！

但愿我们的父母、夫妻、儿女、伴侣、朋友都成为我们怀中的明珠，甚至那些曾经见过一面的、偶尔擦身而过的、有缘无缘的人都成为我怀中的明珠，在白日、在黑夜都能散放互相映照的光芒。

不知多少秋声

如果你的心灵有通向神圣的完美阶梯，
你就像真理花园中的百合花，
无论你的芳香消失在空中，
或消失在人们身上，
它消失在何处，
就在何处永存。

——纪伯伦

中秋夜，我们从岳阳赶往长沙，一路狂奔。

“为什么要这么着急赶路呢？”我问帮我们开车的小廖。

司机小廖急着赶回长沙过节，因为他和爱人都是一胎化政策后出生的，独生子娶了独生女，所有的节日都变成双倍的大事。

预计先到父母家过上半夜，再陪女方到岳父母家过下半夜，这使他心急如焚，飞奔在路况颠踬的公路上。

一路上，小廖按着喇叭的手从未停过，我看着路两旁都是补胎、打气、修车的小店，真担心老旧的厢型车会突然抛锚在荒僻的省道上。

小廖一边狂按喇叭，一边从喇叭声中大声地说：“中秋夜，人人都在赶着团圆，是吗，林老师？”

“是呀是呀！人人都在赶着团圆。”我说。

为了让他专心开车，我们一路无语地看着窗外，正是夕阳西下的时光，远山与田原都笼罩在一片薄薄的雾气里，绿色的水田中错落着红砖小屋，夕阳使眼前的一切都滚了金边。

惊奇的是，日与月同时出现在天上，金红的夕阳与银白的月亮遥遥相望，原来是金光万道的夕阳与贴纸一样薄薄的月亮，突然有人按了开关，夕阳成为薄薄的剪纸沉落，满月亮了起来，饱满、圆润，有美丽的光晕。这美丽的湖南乡间，突然有着说不出的浪漫与柔情。

我轻轻地握着妻子的手，她给我一个轻轻的微笑。

不发一语，但我们的心在月光下的田原，互相应答。

这是我们第一次在离家数千里外过中秋，当我们遥望窗外盈盈的满月，思念就像月的光芒，弥漫了天地。我们思念着在台湾的三个孩子，他们在外婆家一定也看着月亮，思念着我们！也思念着正在美丽的乡下喝团圆酒的兄弟姊妹，那湖南乡间温暖的小房，多么像我们在南方的故居呀！

你思念那些在爱中降临的孩子，思念因缘深重、有缘重会的人，你会深深感受到一些美丽的花开。

你愿意永远为他献身，不会有丝毫怨言。

你在心里感觉最大的恩典，带来巨大的力量。

你在悲喜交集的时候，他使你哀乐协调。

你在无声的小溪边，也能听见婉转的歌唱。

你在喧腾的万蝉里，也能听见深情的咏叹。

你是春天，第一朵花开。你是山间，飞来的彩虹。

你是翠绿，也是深蓝；你是清白，也是玄黑；你是田黄，也是珊红……你具足了一切的颜色，却是用尽世间的言语，也无法描绘。

你抬头看看远方吧！这世间最美好的事物是无言的，无言的时候则让我们最细腻地接近美好。

想了解辽阔，要观海。想知道伟大，要看山。想体会自由，要静静看云。想感受无碍，要舞动春风。

这是为什么说开悟时是看见了遥远的星星，苦修时坐在菩提树美丽的枝叶下，说法时带着神秘的微笑，教导比丘观想庭中的茉莉花，阐明一株小草就是万佛的宝殿……

因为那树、那花、那草、那夜空的明星，不发一言，已万缘具足了。

一切净土里，都有遍满的莲花和鸟声的歌唱。一切有智慧的人，犹如带着太阳行走，有太阳的观照、平等与圆满。一切慈悲的菩萨，则是清凉的月色，有月亮的温柔、宁静与优美。

因为那莲花、那鸟声、那太阳、那温柔的月色，一语不发，已吟咏万法的梵唱了。

说说这秋天吧，每年都有秋天，生命中有感动、有启示、有觉察的秋天，又有几回呢？真的寻索到寥寥可数的深有所感的秋日，又能用什么言语加以叙述呢？

天上的明月，满山的枫红，一直在跳舞的菅芒花，美得比春天更动人的秋云秋霞，你抬起头来深深地感动，却是万语难及。

每一年都有美丽的秋天，在无可言诠的生命里，像飞过天际的大雁，长啸一声，飞过去了，音声犹在耳际回旋，仰头一望，群雁已没入了长空。

这秋天的心情，就像微步中年的心境吧！

中秋的时候，人人赶着团圆，在追赶团圆的路途中，珍惜此人、此心、此景、此境，却隐在月影的背面，很少被看见。

无言是很高的境界，但作为一个文学家，总想记录那种无言。

我想起曾在西安的古董市集，购得一方古印，不知是在什么年代，不知是谁刻的，却是我收藏的古印中最宝爱的一方：

不知多少秋声

这是走过了生命的惊涛岁月与骇浪旅程的人才会有的心情，猛然回首，不知已过了多少个雾里的秋天了。

唯有这秋天的心，才会悟到珍惜的可贵，珍惜秋天的每一个片刻、每一个刹那、每一声没入云天的雁鸣！

也是这样的心情，去年秋天我完成了《玄想》，现在接着写完《清欢》。

文学是一种清静的欢喜。这种清静的欢喜，使文学家自然成为富足的人。他的内心之树结满了果子，拿来与别人分享，希望能有甜蜜与清凉；他的内心之矿结满了宝石，用双手奉上，希望珠宝能妆点灰色的人生；他每天都在垦荒种地，身上带着泥土与溪水的芳香，因为一切都是珍贵无比的，希望人人都能品味芳香。

如同秋声，我也想向人说：你听见秋声了吗？

文学的欢喜，写的人欢喜，读的人也欢喜。

我们终于穿过重重的月光，抵达长沙，明月已到中天，小廖赶不及和父母、岳父母共度中秋。

他显得有些沮丧。

我说："明天还是中秋，听说十六的月亮比十五的还圆哩！"

他苦笑着，告辞。

我和淳珍在长沙漫步，大部分的店家已经打烊。

陪着我们的朋友小侠说："大概吃不到中式的团圆饭了，我们去找西式的。"

找到一家西餐厅，来迎接我们的服务生竟是黑人，说一口流利的京片子，后来才知道他来自非洲的肯尼亚，家乡正在闹饥荒。

我们点了菜，他说："今天是中秋节，来一瓶长城干红吧！"

我们请他也喝了一杯干红，举杯遥祝在远地的亲人。在他黑色的眼眸中，我仿佛看见了非洲草原上的月色。

我和淳珍举杯，祝福我们远在天边的三个孩子，我的心里突然浮现出一个句子：

爱的开始是一个眼色，爱的最后是无限的穹苍。

我们每天能走过阳光的小径，
是一件多么幸福的事，
能让阳光或温柔或狂野地照射，
是一件多么开朗的事，
我想说的是，
就珍惜阳光照在我们身上的岁月吧。

6 · Chapter

阳光照在我们身上

温柔半两

读到无际大师的《心药方》，说到不管是齐家、治国、学道、修身，必须先服十味妙药，才能成就，哪十味妙药呢？他说：

好肚肠一条，慈悲心一片，温柔半两，道理三分，信行要紧，中直一块，孝顺十分，老实一个，阴骘全用，方便不拘多少。

这十味妙药要怎么吃呢？他又说：

此药用宽心锅内炒。不要焦，不要躁，去火性三分。于平等盆内研碎，三思为末，六波罗蜜为丸，如菩提子大。每日进三服，不拘时候，用和气汤送下。果能依此服之，无病不瘥。

这无际大师的《心药方》真是令人莞尔，细细品味而受教无穷。无际大师是谁我并不知道，我也不想去知道，觉得知道了他的身份反而会局限了。猜想他是某朝代的高僧之一，深解所有的病都是从心而起，一日灵感大发，而写下了这帖《心药方》。

《心药方》是用白话写成，不难理解其意，在此必须解释的是“六波罗蜜”，波罗蜜是行菩萨道之谓，行法有六种：一布施、二持戒、三忍辱、四精进、五禅定、六智慧。菩萨用这六种方法渡人过生死海到涅槃彼岸。“菩提子”则是菩提树的种子，可做念珠，大小如莲子，做抽象解释时，“菩提”是“觉悟”的意思。

我想，不论是否佛教徒，每天能三服这帖心药，不仅能使身心安乐，也能无愧于天地，假如每天吃三四味，也就能去病延年；要是万万不可能，一天吃一口“温柔半两”，可能也足以消灾少祸了。

这一帖心药虽仅有十味，味味全是明心见性，充满了智慧。因为在佛家而言，人身体所有的病痛全是由心病而来。佛陀释迦牟尼将心病归属于贪、嗔、痴三种，只有在一个人除去贪、嗔、痴三病时，才能有一个明净的精神世界，也才会身心悦乐，没有挂碍，没有恐怖，远离颠倒梦想。因此所有佛书的入门就是一部《心经》，所有成佛的最高境界，靠的也是心。

佛书中对心的探求与沉思历历可见，释尊曾经这样开示：“心作天，心作人，心作鬼神、畜生地狱，皆心所为也。”（《般泥洹经》）又说：“能伏心为道者，其力最多。吾与心斗，其劫无数，今乃得佛，独步三界，皆心所为。”（《五苦章句经》）对于为善的人，心是甘露法；对于为恶的人，心是万毒根；因此医病当从内心医起，救人当从内心救起。

例如佛祖在《楞严经》里说：“灯能显色，如是见者，是眼非灯；眼能显色，如是见性，是心非眼。”翻成白话是：“灯能显出东西不是灯能看见东西，而是眼睛借灯看见了东西；眼睛看见了东西，并不是眼睛在看，而是心借眼睛显发了见性。”那么我们可以说一个人不明事理，不是事理有病，不是眼睛有病，而是内心有病，只要治好真心，眼睛也可以分辨，事理也得到澄清。

无际大师的心药，即是从根本处解决了人生与人格的问题。

关于心的壮大，禅宗初祖达摩祖师在《达摩血脉论》中曾有一段精彩绝伦的文字，他说：“除此心外，见佛终不得也。佛是自心作得，因何离此心外觅佛？前佛后佛只言其心，心即是佛，佛即是心，心外无佛，佛外无心。若言心外有佛，佛在何处？心外既无佛，何起佛见？……若知自心是佛，不应心外觅佛。佛不度佛，将心觅佛不识佛。”

因而历来的禅宗无不追求一个本心，认为一个人不能修心、明心、真心、深心，而想成佛道，有如取砖头来磨镜，有如以沙石做饭，是杳不可得的。这正是六祖慧能说的："于一切行住坐卧，常行一直心。""但行直心，于一切法，勿有执着。"

知道了心对真实人生的重要，再回来看无际大师的《心药方》，他的这帖药是古今中外皆可行的，而且有许多正在现代社会中消失，实在值得三思。试想，一个人要是为人有好肚肠、长养慈悲心、多几分温柔、讲一些道理、对人守信用、对朋友讲义气、对父母孝顺、行住坐卧诚信不欺、不伤阴德、尽量给人方便，那么这个人算是道德完满的人，还会有什么病呢？

人人如此，社会也就无病了。

天下太平的线索，其实就是一个人内心完成所组合的元素！

岁月的灯火都睡了

前些日子在香港，朋友带我去游维多利亚公园，我们在黄昏的时候坐缆车到维多利亚山上（香港人称为太平山）。这个公园在香港的生活中是一个异数，香港的万丈红尘、声色犬马看了叫人头昏眼花，只有维多利亚山还保留了一点绿色的优雅的情趣。

我很喜欢坐公园的铁轨缆车。在陡峭的山势上硬是开出一条路来，缆车很小，大概可以挤四十个人，缆车司机很悠闲地吹着口哨，使我想起小时候常常坐的运甘蔗的台糖小火车。

不同的是，台糖小火车恰恰碰碰，声音十分吵人，路过处又都是平畴绿野，铁轨平平地穿过原野。维多利亚山的缆车却是无声的，它安静地前行，山和屋舍纷纷往我们背后退去，一下子，香港——甚至九龙——都已经被远远地抛在脚下了。

有趣的是，缆车道上奇峰突起，根本不知道下一刻会有什么样的视野。有时候视野平朗了，你以为下一站可以看得更远，下一站有时被一株大树挡住了，有时又遇到一座三十层高的大厦横生面前。一留心，才发现山上原来也不是什么蓬莱仙山，高楼大厦古堡别墅林立，香港的拥挤在这个山上也可以想见了。

缆车站是依山而建，缆车半路上停下来，就像倒吊悬挂着一般，抬头固不见顶，回首也看不到起站的地方，我们便悬在山腰上，等待缆车司机慢慢启动。终于抵达了山顶，白云浓得要滴出水来，夕阳正悬在山的高处，这时看香港，因为隔着山树，竟看出来一点都市的美了。

香港真是小，绕着维多利亚公园走一圈已经一览无遗，右侧由人群和高楼堆积起来的香港、九龙闹区，正像积木一样，一块连着一块，好像一个梦幻的都城，你随便用手一推就会应声倒塌。左侧是海，归帆点点，岛与岛在天的远方。

香港商人的脑筋动得快，老早就在山顶上盖了大楼和汽车站。大楼叫“太平阁”，里面什么都有，书店、工艺品店、超级市场、西餐厅、茶楼，等等，只是造型不甚协调。汽车站是绕着山上来的，想必比不上缆车那样有风情。

我们在“太平阁”吃晚餐，那是俯瞰香港最好的地势。我们坐着，眼看夕阳落进海的一方，并且看灯火在大楼的窗口一个个点燃，才一转眼，香港已经成为灯火辉煌的世界。我觉得，香港的白日是喧哗是让人烦厌的，可是香港的夜景却是美得如同神话里的宫殿，尤其是隔着一脉山一汪水，它显得那般安静，好像只是点了明亮的灯火，而人都安息了。

我说我喜欢香港的夜景。

朋友说：“因为你隔得远，有距离的美。你想想看，如果你是那一点点光亮的窗子里的人，就不美了。”他想了一下说：“你安静地注视那些灯，有的亮，有的暗，有的亮过又暗了，有的暗了又亮起来，真是有点像人生的际遇呢！”

我们便坐在维多利亚山上看香港、九龙的两岸灯火。那样看人被关在小小的灯窗里，人真是十分渺小的，可是人多少年来的努力竟是把自己从山野田园的广阔天地上关进一个狭小的窗子里。这样想时，我对现代文明的功能不免生出一种迷惑的感觉。

朋友还告诉我，香港人的墓地不是永久的，人死后八年便必须挖起来另葬他人。因为香港的人口实在太多了，多到必须和已故之人争寸土之地——这种人给人的挤迫感，只要走在香港街头看汹涌的人潮就体会深刻了。

我们就那样坐在山上看灯看到夜深，看到很多地区的灯灭去，但是另一地区的灯再亮起来——香港是一个不夜的城市。我们坐最后一班缆车下山。

下山的感觉也十分奇特，我们背着山势面对山尖，车子却是俯冲下山，山和铁轨于是顺着路一大片一大片露出来。我看不见车子前面的风景，却看见车子后面的风景一片一片地远去，本来短短的铁轨愈来愈长，终于长到看不见的远方。风从背后吹来，呼呼地响。

我想到，岁月就像那样，我们眼睁睁地看自己的往事在面前一点一点淡去，而我们的前景反而在背后一滴一滴淡出，我们不知道下一站在何处落脚，甚至不知道后面的视野怎么样，只能走一步算一步。

往事再好，也像一道柔美的伤口，它美得凄迷，却是每一段都是有伤口的。它最后连接成一条轨道，隐隐约约透露出一些规则来。社会和人不也是一样吗？成与败都是可以在过去找到一些讯息的。

我们到山下时，我抬头看，维多利亚山已经笼罩在月光之中。那一天，我在寄寓的香港酒店顶楼坐着，静静地沉默地俯望香港和九龙，一直到九龙尖沙咀的灯火和对岸香港天星码头的灯火，都在凌晨的薄雾中暗去。我想起自己过去所经验的一些往事，真切地感受到，当岁月的灯火都睡去的时候，有些往事仍鲜明得如同在记忆的显影液中，我们看它浮现出来，但毕竟是过去了。

用岁月在莲上写诗

那天路过台南县白河镇，就像暑天里突然饮了一盅冰凉的蜜水，又凉又甜。

白河小镇是一个让人吃惊的地方，它是本省最大的莲花种植地，在小巷里走，在田野上闲逛，都会在转折处看到一田田又大又美的莲花。那些经过细心栽培的莲花竟好似是天然生成，在大地的好风好景里毫无愧色，夏日里格外有一种欣悦的气息。

我去的时候正好是莲子收成的季节，种莲的人家都忙碌起来了，大人小孩全到莲田里去采莲子。对于我们这些只看过莲花美姿就叹息的人，永远也不知道种莲的人家是用怎么样的辛苦在维护一池莲，使它开花结实。

“夕阳斜，晚风飘，大家来唱《采莲谣》。红花艳，白花娇，扑面香风暑气消。你打桨，我撑篙，欸乃一声过小桥。船行快，歌声高，采得莲花乐陶陶。”我们童年唱过的《采莲谣》在白河好像一个梦境，因为种莲人家采的不是观赏的莲花，而是用来维持一家生活的莲子，莲田里也没有可以打桨撑篙的莲舫，而要一步一步踩在莲田的烂泥里。

采莲的时间是清晨太阳刚出来或者黄昏日头要落山的时分，一个个采莲人背起了竹篓，戴上了斗笠，涉入浅浅的泥巴里，把已经成熟的莲蓬一朵朵摘下来，放在竹篓里。

采回来的莲蓬先挖出里面的莲子，莲子外面有一层粗壳，要用小刀一粒一粒剥开，晶莹洁白的莲子就滚了一地。

莲子剥好后，还要用细针把莲子里的莲心挑出来，这些靠的全是灵巧的手工，一粒也偷懒不得，所以全家老小都加入了工作。空的莲蓬可以卖给中药铺，还可以挂起来装饰；洁白的莲子可以煮莲子汤，做许多可口的菜肴；苦的莲心则能煮苦茶，既降火又提神。

我在白河镇看莲花的子民工作了一天，不知道为什么总是觉得种莲的人就像莲子一样，表面上莲花是美的，莲田的景观是所有作物中最美丽的景观，可是他们工作的辛劳和莲心一样，是苦的。采莲的季节在端午节到九月的夏秋之交，等莲子采收完毕，接下来就要挖土里的莲藕了。

莲田其实是一片污泥，采莲的人要防备田里游来游去的吸血水蛭，莲花的梗则长满了刺。我看到每一位采莲人的裤子都被这些密刺划得千疮百孔，有时候还被刮出一条条血痕，可见得依靠美丽的莲花生活也不是简单的事。

小孩子把莲叶卷成杯状，捧着莲子在莲田埂上跑来跑去，才让我感知，再辛苦的收获也有快乐的一面。

莲花其实就是荷花，在还没有开花前叫“荷”，开花结果后就叫“莲”。我总觉得两种名称有不同的意义：荷花的感觉是天真纯情，好像一个洁净无瑕的少女；莲花则是宝相庄严，仿佛是即将生产的少妇。荷花是宜于观赏的，是诗人和艺术家的朋友；莲花带了一点生活的辛酸，是种莲人生活的依靠。想起多年来我对莲花的无知，只喜欢在远远的高处看莲、想莲；却从来没有走进真正的莲花世界，看莲田背后生活的悲欢，不禁感到愧疚。

谁知道一朵莲蓬里的三十个莲子，是多少血汗的灌溉？谁知道夏日里一碗冰冻的莲子汤是农民多久的辛劳？

我陪着一位种莲的人在他的莲田逡巡，看他走在占地一甲的莲田边，娓娓向我诉说一朵莲要如何下种，如何灌溉，如何长大，如何采收，如何避过风灾，等待明年的收成时，觉得人世里一件最平凡的事物也许是我们永远难以知悉的，即使微小如莲子，都有一套生命的大学问。

我站在莲田上，看日光照射着莲田，想起“留得残荷听雨声”恐怕是莲民难以享受的境界，因为荷残的时候，他们又要下种了。田中的莲叶坐着结成一片，站着也叠成一片，在田里交缠不清。我们用一些空虚清灵的诗歌来歌颂莲叶何田田的美，永远也不及种莲的人用他们的岁月和血汗在莲叶上写诗吧！

认识许多大师的人

最近，朋友介绍一个新朋友，他玩笑地介绍那位新认识的朋友说：“他是一个认识许多大师的人！”

我一时之间听不出这是赞词还是贬词，但那位认识许多大师的人已经笑得很开心了，他肯定地说：“是真的，我认识许多大师。”于是，他如数家珍似的，把他认识的许多大师说了出来，光是做简介，如何认识，说过哪几句话，这样一个个大师下来，已花了一个多小时，听得我们“耳”花缭乱。

好不容易才觅得他喝一口茶的空隙，我说：“我们该上菜了吧！”

接着，他口中的“大师言行录”往往塞满了每一道菜，我们这些没有认识什么大师的人，只好听他胡乱地盖，加上他是那样多嘴，使我们只好埋头吃菜，但耳听大师言行来吃饭，真是有碍消化的。

可怜一餐饭吃得我们痛苦不堪，几乎是夹着尾巴逃出来，朋友一出门就脸带微笑地说：“你现在知道认识许多大师的人的厉害了吧！我保证下次在别的地方，他一定会说我的朋友林清玄怎么样怎么样。”

我说：“你别吓我，一来我又不是大师，二来刚刚吃饭的时候，我一句话也没说。”

朋友赶着去上班，我一个人沿街散步，想到像这种“认识许多大师的人”，在社会上也常见，只是情节各有轻重，它在本质上很像“认识许多富翁的人”“认识许多大官的人”“名片上挂了许多头衔的人”，似乎如果不这样抬身价，自己就一文不值了。

借大师来抬身价，那还是好的，更可悲的是言必称大师，其实与大师只有一面之缘，却说得像隔壁亲家一样；最可悲的是，听这种人说话，往往没有重点，他自己讲大师讲久了，已经失去独立思考的能力，旁听的人，不知道他是在表达观念呢，或只是背了许多大师的言行。

见到这等认识许多大师的人，益发使我觉得古代禅师说的“不与千圣同步，不与万法为侣”真是非常重要。

一个人应该培养自己的见地、感受、体验，在人生的观点或实践中，展现自己的风采，如果一味以大师的思想为思想，以大师之语言为自己的见地，那就会沦于禅师所说的“担板汉”，仿佛担子上都挑着大师，反而失去自己的面目。

这意思并不是不需要大师，而是要以大师为启迪，不是以大师为自己的主体，也就是说大师可以做我们的火柴，而点燃的蜡烛则要自己储备。我们或者不会成为大师，但每个人都有各自的气质与本质，做一个真实的自我，总比作为偶戏的傀儡要好得多。

在每一出戏里，总有主角、配角，也有龙套，甚至有很多幕后的人物，对于一出好戏，每个人扮演好自己的角色是最重要的，戏剧如此，人生亦然，最怕的是自己成为一出戏的道具还不自知呀！

万法是崇高的，千圣是伟大的，对于平凡渺小的我们有如林木森森，但一座森林里不能没有小花小草来点缀风姿，安于做小花小草，有时需要更深刻的勇气与识见。

禅家把开悟境界称为“见到自己本来的面目”，其中有深意在；又把一个人选择修行之路称为“不向如来行处行”，也是在肯定自己走自己的路。

大师是我们的典范，是我们的坐标，是指南针而不是避雷针，我们要有自己的航道，才不会人云亦云，成为不会思考、失去创意的人。

来认识我们自己内在的那位大师吧！

再加两个苹果

一位小学老师对我说起他怎么改造一班小学生的秘诀。

他的学生在低年级的时候遇到一个非常严格的老师，给学生的作业很多，而给学生的评价却很低。在这位老师的笔下很少有学生可以得到甲，得到乙已经很不错了，有许多学生拿到丙、丁，使得学生的家长对自己的孩子都不谅解，学生对学习也逐渐失去了信心。

当这班学生升到他的班级的时候，他发现学生的学习情绪很低，每天的功课也只是勉强交差。更糟的是，学生都畏畏缩缩，小小气气，一点也没有小学生那种天真的模样。

“我开始把作业的最低分数定为甲下，即使写得糟的学生都给甲下，当然好一点的就是甲了，再好一些的是甲上。写得很不错的，我给他甲上加一个苹果，真的很用心的则给他甲上加两个苹果。”

老师所谓的“苹果”，只是一个刻成“苹果”的印章盖在甲上的旁边。

除此之外，每隔一段时间就发奖品，只要一个原来甲下的学生连得三个甲就给奖，依此类推。由于评分很宽，在每次发奖品的时候，几乎统统有奖，最小的奖是一张贴纸，最大的奖是一个铅笔盒。

这种画饼充饥的甲上加两个苹果，使原来拿丙丁的学生带回去的作业簿也有甲的佳绩，学生都变得欢天喜地，家长更是开心得不得了，非常善待那些原来被认为

“顽劣”的子弟。

从此，好像变魔术一样，学生又有了开朗的笑容，天真的气色，特别是每次颁奖的时候，教室就像节日盛会一样，所有的学生全部改头换面，成为充满自信、容光焕发的孩子。

他说：“不管是什么样的孩子，爱是最好的教育，而表达爱最好的方法是欢喜、奖励与赞赏。”

我听了老师的话，心里有很深的感触。我们大多数的人经历了人生的波澜后，往往会变成严苛、冷眼的人，在我们的内心形成许多的标准，并以这些标准来评价另一个人。这些标准用来衡量身心成熟的大人，有时都感到难以负荷，何况是对一个稚嫩的孩子呢？我们应该反过来想自己的一些初心。记得我的孩子出生的时候，我紧张地在病房外面等待，那时不知道会生出一个什么样的孩子，于是我双手合十向菩萨祈求：“只要给我一个身体健康的孩子就好了。”

好不容易等到护士从里面把孩子抱出来给我看，她先把正面给我看，说：“你看，眼睛、鼻子、嘴巴、耳朵、手脚都有了。”然后她把孩子转过来给我看背面，说，“屁股，屁眼也都有了，一切正常，母子平安。”

当时我充满感恩的心，我们是多么幸运呀！生了一个四肢健全、身体健康的孩子。

大多数的父母都有过这样的经验，也就是我们对孩子的“初心”。可惜的是，等孩子长大了，万一功课不如人，我们就在心里对孩子生起嫌厌的心；如果不幸的孩子又进入“放牛班”，我们就感到无望，甚至舍弃了对孩子深刻的爱；等到孩子几年考不上大学，游手好闲的时候，简直是到了深恶痛绝的地步，恨不得孩子在我们眼前消失。

到了这样的时候，我们就失去了孩子刚诞生时那种欢喜的“初心”了。

其实，我们可以把丁提升到甲下，多给孩子甲上加两个苹果，使孩子对人生充满欢喜与热望。只要一个孩子有善良的心，那么功课差一点，读了“放牛班”、考了三年大学又有什么要紧呢？我们自己也并不是像想象中的那么杰出、那样有成就呀！我们是孩子的镜子，孩子也是我们镜中的影像，是互为镜子，互为表里的。

我很喜欢《正法眼藏》中记载的磐山禅师的故事。磐山久修不悟，非常烦恼，有一天独自走过街头，看到一个人在肉摊前买猪肉，对肉摊老板说：“给我切一斤上好的肉。”

肉摊老板听了，两手交叉在胸前说：“请问，哪一块不是上好的肉呢？”磐山禅师听了当场大悟。

我们的孩子哪一个不是上好的孩子呢？真正从孩子身上看见生命的至真至美的人会发现，孩子不只配得上甲上加两个苹果，每一个孩子都是甲上加十个苹果的！曾经有一位家长满脸愁容地来找我，因为他的孩子考试总是全班最后一名。

我说：“每一个学校的每一班都有最后一名，如果不是我们的孩子，就是别人的孩子。”

“但是，这孩子怎么办呢？”

“其实，现在你可以高枕无忧了，因为你的孩子再也不会往下掉了，从今以后，他只有向上走的一条路。”

孩子是如此，我们的人生不也一样吗？遇到最坏的情况，那也不坏，因为“从今天起再也不会比这更坏了，只会更好起来”。

下下签

有一年我到屏东乡下旅行，路过一座神庙，就进去烧香、抽签。

那是十年前的事了，当时我把抽签当成有趣的事，一点也不稀奇；但那一次在屏东庙里的抽签却是稀奇的，因为抽中的是一张“下下签”。在我的经验里，抽的签至少都是中上的，很少抽到坏签，那是我抽中的唯一一张下下签；尤其是那时我的生活、工作、情感都很平顺，因此抽中“下下签”那一刻，我惊讶得呆住了。

我根本懒得看签文写些什么，走出庙门，随手把签揉成一团丢到香炉里，看它化成一道轻烟，袅袅化去。

但走出庙门时，我感到心情十分沉重，不自觉放慢脚步，走在遍植马路两岸的杧果行道树下，思考着那张“下下签”的意义，我不知道它预示了什么，但我知道，应该使自己有更广大的心与宽远的见识，来包容人生偶尔会抽中的下下签。

一张下下签的内容是什么并无关紧要，不过，在真实的人生里，它有如健康的人喝到一碗苦药，颇有醍醐灌顶的效果，反而能给我一些反省、一些激励。这样看，一个人一生抽到几张下下签不是什么坏事。反过来说，我们偶尔会抽中“上上签”，如果没有带给我们光明的力量，只令我们欢喜一场，也就没有什么好处了。

我想起从前在日本旅行，看到日本寺庙前面的树上结满白色的签纸，随风飘扬的景象。原因是抽签的人对签不满意，把它结在树上还给神明，然后重抽，一直抽到满意为止。

其实一张签是好是坏都没有关系，它最大的意义是在让我们转个弯，做一次新的思考，因而在顺境时抽到下下签、在逆境时抽到上上签，格外有意义。前者是“居安思危”，后者是“反败为胜”。人生的际遇从更大的角度看，不也是这样吗？

在欧美和日本的中国餐馆，常设有幸运签，有的藏在筷子里，有的包在馒头内，有的放在玻璃瓶中，这些签纸通常写着最好最美的语言，让人看了心情欢愉。我常常突发奇想，要是庙的签都是这样的好句该有多么好，一定可以帮助许多有情人成眷属，带给沮丧的人生存的希望，使挫败者有勇气走向黎明的天光。

三年前的早春，我到日本的日光山去看红叶，夜里在山上小径散步，找到一家卖荞麦面的小屋，吃面时打开筷子的纸袋，掉下一张纸，上面用中文写着：“今日天气真好！”我吟咏这句话，俯瞰夜色中泛着浅蓝色的山谷，谷中月光下的枫红点点，忽然觉得不只今天天气真好，人生也是非常幸福的！

人生在某种层次上，真像一张签纸。

学佛以后我就不再抽签了，我喜欢佛寺中不设签箱，对一个坦荡无碍的生命，到处都是纯净的白纸，写什么文字有什么要紧，生命的遭遇犹如水中的浮草、木叶、花瓣，终究会在时间的河流中流到远方。能这样看，我们就可以在抽签时带着游戏的心情，把一切缺憾还诸天地，让我们用真实的自我面对这万般波折的人间！

生命不免会遇到有如下下签那么糟的景况，让我们也能有一种宽容的心来承担，把它挂在树上随风飘动，或落入河中，随流水流向大海吧！

阳光照在我们身上

三十年代最当红的男明星白云自杀去世了。

当年白云在上海的盛况，据说目前最红的明星秦汉、秦祥林、王冠雄、李小飞加起来都还比不上，我父母那一辈的影迷，一提起白云，总是勾起一些伤感的回忆；谁想到那个时代在银幕上最闪亮的明星，死后竟是黄土一抔，连墓碑都找不到。三十年的年华，把白云从地上最明亮的地方，埋到最黑暗的地下。

白云自杀的同时，我最喜欢的智慧型明星英格丽 · 褒曼也逝世了，可是两人的身影却是完全不同的景况，褒曼逝世的时候，她的儿女都围绕身边，倍极哀荣。第三天台湾电视公司还播出一个一小时的专辑“英格丽 · 褒曼的荣耀”，来纪念这位为全世界尊敬的影人。

可是白云呢？白云的逝世在电视里只是一个小小的新闻，更何况是专辑了。当初他为自己取名为“白云”就已经为结局下了断语，他生前有两句话，“生是飘客，死是游魂”，是有着多么深沉寥落的寓意，怪不得一些老演员像葛香亭、欧阳莎菲在他坟前致祭时也免不了老泪纵横。

中国演员老来的处境，总是令我油然地兴起衷感之心，他们不能像西方的演员，终其生都闪烁着明星的光泽，他们不是恒久的星星，而是瞬息消逝的流云。但是又何尝演员如此，这触及到我经常思考的时间问题，时间，对一位曾经光芒万丈的人是一个多么无情的杀手。怪不得白云逝世的时候，一位影剧记者慨乎言之，问起如今当令的年轻演员，他们竟茫然地问起：白云是谁？

白云是谁呢？白云千载空悠悠，白云只是在干净的天空中飘过的一朵云吧。它在清晨的旭日中，在黄昏的夕阳里，都会反射出五彩的光泽，但一到了黑夜，再美的云也没有人看见了。

我最喜欢辛弃疾的《破阵子》，这是辛弃疾为纪念当时一位具有军事和经济才华的思想家陈亮，所吟赋出的壮词：

醉里挑灯看剑，梦回吹角连营。八百里分麾下炙，五十弦翻塞外声。沙场秋点兵。马作的卢飞快，弓如霹雳弦惊。了却君王天下事，赢得生前身后名。可怜白发生。

辛弃疾的词意是美的，在美的背面却有一种对时光流逝的哀伤，我觉得最令人动容的是"赢得生前身后名，可怜白发生"，从这两句词来看看白云，实在最贴切不过。多少令人怀念的人物，终也免不了白发生的处境，更糟的是，在辉煌后的寂寞，使一位曾扮演过顾盼自雄的英雄人物的人，最后在偏远的旅馆仰药自杀。

前几天，两位菲律宾的华裔画家洪救国、王礼博来台湾省，我抽出两天的时间，陪他们到台中去探望老友席德进的墓园，同行的还有画家李锡奇、朱为白，以及席德进的生前知己卢声华。

我们到达大度山花园公墓时，正好是阳光最烈的正午，阳光遍照在墓园上，附近的相思林里传来喧哗的鸟声。席德进的墓园是他生前亲手规划，格局很像中国明朝小小的园林。在墓园里有一座"望乡亭"，颇能见到画家最后的心愿。我站在"望乡亭"的圆门，往山下望去，那里没有画家的故乡，只有栉比鳞次的楼房层层相叠，我们的心情在那一刻都沉默了起来。

席德进曾以高超的画艺，感动过千千万万的心灵，他逝世时也是倍极哀荣。可是在他逝世一周年举行画展会场里，观众却是三三两两冷冷清清，我曾在画展会场坐了一个下午，直到画廊的灯暗了才默默离去，心中浮起的仍是辛弃疾"赢得生前身后名，可怜白发生”两句。

在席德进的墓园里，种了两种他生前最爱的植物，两株凤凰树和三株木棉，经过一年的培植，都已经长得比望乡亭还高了。凤凰依旧，木棉无恙，而我们这位曾享大名的艺术家长眠地下，他的名，他的艺，可叹的在时间冲刷下，成为群众心里一个暗淡的记忆。

离开席德进的墓园，车子往大度山下疾驰，我回头还看见那一株长得特别高的凤凰木，我在想着，这一株凤凰花开的时候，年轻一辈的艺术家心中，席德进还能留下什么样的形象呢?

阳光是那样无私地覆盖着我们，而太阳的沉落总是那样无情，不肯为黑夜停留，那些死去的艺术家们躺在阴冷黑暗的地下，他们再也不能享受阳光下的喜悦。

在我的档案里，有一帧我为席德进拍的照片。他站在中部大平原怒放的野花群中，鲜明的清晨曝光把他的脸刻成一座明暗分明的塑像，他仰起头来呼吸着阳光，如今，那种情境再也不能重回了。

我们每天能走过阳光的小径，是一件多么幸福的事，能让阳光或温柔或狂野地照射，是一件多么开朗的事，我想说的是，就珍惜阳光照在我们身上的岁月吧，因为阳光不会为我们停留，再伟大的艺术家也留不住它。

投给燃烧的感情

记得很早以前，读过一位记者访问海明威的文章，那位记者问：“你觉得作为一个创作者的基本条件是什么？”

海明威的回答很妙，他说：“不愉快的童年！”

我真正站在梵·高的画前面时，这一段话像闪电一样涌进我的心头。梵·高去世到今天已经九十二年，可是他的生命仿佛有一股奇异的热火，每次想起来都叫人心情震颤，好像他生命的火一直在我们身上燃烧，从来没有断过。

梵·高是艺术史上我最敬佩的艺术家，他印在画册上的画我几乎都会背了，因此一到外国，我在逛美术馆的时候，总要特别仔细地看他的画。他不安地流动的线条，正如海浪狂飙似的拍击着岩石，我想，即使有人是岩石一样的冷漠刚硬，也要被它的大力侵蚀，尤其这海浪还带着贫苦、挣扎、永不止息奋斗的盐分。

几乎每一个规模较大的现代美术馆都收藏了梵·高的画作。我看他的画印象最深的有两次，一次是在纽约的大都会美术馆，一次是在华盛顿的国家美术馆。

在华盛顿国家美术馆的西馆一共有九十余间展览室，其中有两间展出梵·高的画。我先在展览二十世纪现代艺术的东馆走了一上午，下午从西馆的中世纪绘画开始看起，看了四十几间展览室，整个人几乎要累得瘫痪了，因为新穿的雪地的靴子不合脚，脚底都磨出水泡，我坐在美术馆的长椅上几乎不能动弹了。拿起介绍小册随便看看，没想到就在我坐的展览室隔壁，便是印象派的展览室，我想到梵·高，身体内马上被通电一般，升起一股渴望的心情，去看看梵·高吧！

不久，我站在梵·高的画前凝思，深深感叹着。不知道是什么力量，使这个艺术家在明亮的阳光下还显得那么不安地流动着，他画的原野像一片正涌动的大海，从很远的地方推来海浪；他画的树像地上冒出来的炽烈火焰，在大自然里燃烧；他的云、他的天、他的风、他的画笔都像在空中跳舞一样地波动着。这种有力的动感不是来自整幅画，而是每一笔每一小块颜料都有无限的动的姿态，让我们感觉到流动在大地间雄大的创造力。

我不禁看得痴了，深深想起年少时在孤灯下看《梵·高传》时颤动的心情。

直到一个黑人管理员拍我的肩说："先生，时间到了，美术馆要打烊了。"我才从梵·高神秘的画境里苏醒过来，原来我已经在他的画前足足站了一个小时。我走出门外，华盛顿原来阳光普照的天气突然飘了一阵大雪，大地蒙上了一层光耀的银白，这一片银白的大地是多么沉静呀！可是在那最深的地方，伟大的心灵为大地所做的诠释仍在那里跳动。

另一次是在纽约的大都会美术馆，这里有一个著名的"印象馆"，我选了一个人比较少的星期一，专门去看印象馆，印象馆的屋顶全是玻璃罩子，光线倾盆地泼下来。在印象馆，所有印象派时期的大师都在这里集合了，马奈、莫奈、雷诺阿、德加、塞尚、季拉、高更、罗特列克，无一不是闪射着光芒的巨星，当然怎么也不会没有梵·高这位十九世纪最伟大的荷兰画家。

印象馆是方形的，人站在中间可以四边环顾，梵·高展出的位置正好在高更和塞尚的中间。在那里有两幅画最令我感动。一是他著名的自画像，画家好像用生命的汁液注入自己的形象里，在一团火里燃烧；另一幅是黄花，每一朵花都扭动着，好像费了很大的力气才开放出来，充满了生命的喜悦，又仿佛生在盆子里有无限的委屈。

静静地仔细地看完梵·高的画，我把自己的位置退到印象馆的中间，想要看看别人怎么欣赏梵·高的画，当他们看时会有什么表情。然后我发现一个有趣的现象，每个人走到他的画前停驻的时间总是最长，尤其是走到他的自画像前显得特别庄重而安静，就如同面对着真正的梵·高，听着他激动而热烈的言语。

我突然有一个怪异的想法，如果艺术家也可以投票，在印象馆里的得票数最高的一定是梵·高。如果能投两位，那么一定是梵·高最高，高更第二。

这并没有什么深刻的理由，最最重要的是，我们不是投给梵·高，而是投给燃烧的感情一票。任何真正燃烧生命而发皇出来的艺术，必然都带有感人的因素。

其实，梵·高作画的时间不长，他真正作画只有十年的时间，他早年的志愿是文学家或宗教家（为矿区的人们殉道）。十年的时间他的每一幅画都像有噼噼啪啪的裂帛之声，他燃烧，并且拉开胸膛，让人们看见他火热的心。我们走进梵·高的世界，犹如一只饥饿的蜜蜂飞进了开放太多花朵的园子，我们迷惑了，是什么力量让人达到这种情感的无限呢？

在这个逐渐理性冷酷的世界，人总是抑制着自己的情感，像梵·高这样的艺术家已经愈来愈少，因此，如果有一个对艺术家投票的机会，我想我会和众人一样，投给燃烧的感情一票。

心灵的护岸

吃晚饭的时候，我对妈妈和哥哥说："明天我想带孩子去护岸走走。"他们同时抬起头看了我一眼，点一下头，又继续吃饭了，那意思于我已经很明确了，就是护岸已经不值得去了。

护岸是家乡的古迹之一，沿着旗尾溪的岸边建筑，年代并不久远，是日据时代堆成的。筑造的原因，是从前的旗尾溪经常泛滥成灾，高达一丈的护岸，在雨季可以把溪水堵住，不至于淹没农田。

旗山的护岸或者也不能算是古迹，因为它只是由许多巨大的石头堆叠而成，它的特点是石头与石头之间并没有黏结，只依其各自的状态相互叠扣，石头大小与形状都各自不同，但是组成数公里的护岸，却是异常地雄伟与平整。

旗山原是平凡的小镇，没有什么奇风异俗，我喜欢护岸当然是感情因素。

在我幼年的时候，护岸正好横在我家不远的香蕉园里，我时常跑去上上下下地游戏，印象是深的是，春天的时候，护岸上只有一种植物"落地生根"，全数开花时，犹如满天的风铃，恍如闻到叮叮当当的响声。

在护岸底部沿着沟边，母亲种了一排芋田。夏天的芋叶像菩萨的伞盖，高大、雄壮，有着坚强的绿色，坐在护岸上看来，芋头的叶子真是美极了，如果站起来，绵延的蕉树与防风的竹林、槟榔交织，都有着挺拔高挑的风格，个个抬头挺胸。

我时常随父母到蕉园去，自己玩久了，往往爸妈已改变工作位置，这时我会跑到护岸上居高临下，一列列地找他们，很快就会找到。那护岸因此给我一种安全的感觉，像默默地守护着我。

我也喜欢看大水，每当暴雨过后，就会跑到护岸上看大水，水浪滔滔，淹到快与护岸齐顶，使我有一种奔腾的快感。平常时候，旗尾溪非常清澈，清到可见水里的游鱼，澈到溪底的石头历历，我们常常在溪里戏水、摸蛤蜊、抓泥鳅，弄到满身湿，起来就躺在护岸的大石上晒太阳，有时晒着晒着睡着了，身体一半赤一半白，爸爸总会说："又去煎咸鱼了，有一边没有煎熟呢。还未翻边就回来了。"

护岸因此有点像我心灵的故乡。少年时代负笈台南，青年时代在台北读书，每次回乡，我都会在黄昏时沿护岸散步，沉思自己生命的蓝图，或者想想美的问题，例如护岸的美，是来自它的自身呢？或是来自小时候的感情？或者来自心灵的象征？后来发现美不是独立自存的，美是有受者、有对象的。真实的美来自生命多元的感应，当我们说到美时，美就不纯粹客观，它必然有着心灵与情感的因素。

我对护岸的心情，恐怕是连父母都难以理解的，但我在护岸散步时，常会想起父母作为农人的辛劳，他们正是我们澎湃汹涌的河流之护岸，使我即使在都市生活，在心灵上也不至于决堤，不会被都市的繁华淹没了平实的本质。

这一次我到护岸，还征求了三位志愿军，一个是我的孩子，两个是哥哥的孩子，他们常听我提到护岸是多么的美，却从来未去过。他们一走上护岸，我就看见他们眼里那失望的神色了。

旗尾溪由于上游被阻绝，变成一条很小的臭水沟，废物、馊水、粪便的倾倒，使整个护岸一片恶臭。岸边的田园完全被铲除，铺了一条产业道路，路旁盖着失去美感、只有壳子的贩厝。有好几段甚至被围起来养猪，必须要掩鼻才有走过的勇气，大石上，到处都是宝特瓶、铝罐子和塑胶袋。

走了几公里，孩子突然回头问我："爸爸，你说很美的护岸就是这里吗？"

"是呀，正是这里。"心里一股忧伤流过，不只是护岸是这样的，在工业化以后的台湾，许多有美感的地方不都是这样的吗？田园变色、山水无神，可叹的是，人都还那样安然地，继续把环境焚琴煮鹤地煮来吃了。

我本来要重复这样子说："我小时候，护岸不是这样子的。"话到口中又吞咽回去，只是沉默地、一步一步地走向护岸的尽头。

听说护岸没有利用价值，就要被拆了，故乡一些关心古迹文化的朋友跑来告诉我，我不置可否。"如果像现在这个样子，拆了也并不可惜呀。"我铁了心肠说。

当我们说到环境保护的时候，一般人总是会流于技术的层面，或说"为子孙留下一片乐土"，或"我们只有一个地球"。这些只是概念性的话。其实保护环境要先保护我们的心，因为我们有什么样的败坏的环境，正是来自我们有同样败坏的心。

就如同乡下一条平凡的护岸，它不只是石头堆砌而成的，它是心灵的象征，是感情的实现，它有某些不凡的价值，但是粗俗的人，怎么能知道呢？

我们满头大汗回家的时候，妈妈正在厨房里包扁食（馄饨），正像幼年时候，她体贴地笑问："从护岸回来了？"

"是呀，都变了。"我黯然地说。

妈妈做结论似的说："哪有几十年不变的事呀。"

然后，她起油锅、炸扁食，这是她最拿手的菜之一，是因为我返乡，特别磨宝刀做的。

哧——，油锅突然一声响，香味四散，我的心突然紧绷中得到纾解。幸好，妈妈做的扁食经过这数十年，味道还没有变。

我走到锅前，学电视的口吻说："嗯，有妈妈的味道。"

妈妈开心地笑了，像清晨的阳光，像清澈的河水。

月光下的喇叭手

冬夜寒凉的街心，我遇见一位喇叭手。

那时月亮很明，冷冷的月芒斜落在他的身躯上，他的影子诡异地往街边拉长出去。街很空旷，我自街口走去，他从望不见底的街头走来，我们原也会像路人一般擦身而过，可是不知道为什么，那条大街竟被他孤单落寞的影子紧紧塞满，容不得我们擦身。

霎时间，我觉得非常神秘，为什么一个平常人的影子在凌晨时仿佛一张网，塞得街都满了。我惊奇得不由自主地站定，定定看着他缓缓走来。他的脚步零乱颠踬，像是有点醉了，他手中提的好像是一瓶酒，他一步一步逼近，在清冷的月光中我看清，他手中提的原来是一把伸缩喇叭。

我触电般一惊，他手中的伸缩喇叭的造型像极了一条被刺伤而惊怒的眼镜蛇，它的身躯盘卷扭曲，它充满了悲愤的两颊扁平地亢张，好像随时要吐出咝咝的声音。

喇叭精亮的色泽也颓落成蛇身花纹一般，斑驳锈黄色的音管因为有许多伤痕凹凹扭扭，缘着喇叭上去握着喇叭的手血管纠结，缘着手上去我便明白地看见了塞满整条街的老人的脸。他两鬓的白在路灯下反射成点点星光，穿着一袭宝蓝色滚白边的制服，大盖帽也缩皱地贴在他的头上，帽徽是一只振翅欲飞的老鹰——他真像一个打完仗的兵士，曳着一把流过许多血的军刀。

突然一阵汽车喇叭的声音，汽车从我的背后来，强猛的光使老人不得不举起喇叭护着眼睛。他放下喇叭时才看见站在路边的我，从干瘪的唇边迸出一丝善意的笑。

在凌晨的夜的小街，我们便那样相逢。

老人吐着冲天的酒气告诉我，他今天下午送完葬分到两百元，忍不住跑到小摊去灌了几瓶老酒，他说：“几天没喝酒，骨头都软了。”他翻来翻去从裤口袋中找到一张百元大钞，“再去喝两杯，老弟！”他的语句中有一种神奇的口令似的魔力，我为了争取请那一场酒费了很大的力气。最后，老人粗声地欣然地答应：“就这么说定，俺陪你喝两杯，我吹首歌送你。”

我们走了很长的黑夜的道路，才找到隐没在街角的小摊，他把喇叭倒盖起来，喇叭贴粘在油污的桌子上。肥胖浑圆的店主人操一口广东口音，与老人的清瘦形成很强烈的对比。老人豪气地说：“广东、山东，俺们是半个老乡哩！”店主惊奇笑问，老人说：“都有个东字哩！”我在六十瓦的灯泡下笔直地注视老人，不知道为什么，竟在他平整的双眉跳脱出来几根特别灰白的长眉毛上，看出一点忧郁了。

十余年来，老人干上送葬的行列，用骊歌为永眠的人铺一条通往未知的道路，他用的是同一把伸缩喇叭，喇叭凹了，锈了，而在喇叭的凹锈中，不知道有多少生命被吹送了出去。老人诉说着不同的种种送葬仪式，他说到在披麻衣的人群里每个人竟会有完全不同的情绪时，不觉仰天笑了：“人到底免不了一死，喇叭一响，英雄豪杰都一样。”

我告诉老人，在我们乡下，送葬的喇叭手人称“罗汗脚”，他们时常蹲聚在榕树下磕牙，等待人死的讯息。老人点点头：“能抓住罗汗的脚也不错。”然后老人感叹，“在中国，送葬是一式一样的，大部分人一辈子没有听过音乐演奏，一直到死时才赢得一生努力的荣光，听一场音乐会。“有一天我也会死，我可是听多了。”

借着几分酒意，我和老人谈起他飘零的过去。

老人出生在山东的一个小县城里，家里有一片望不到边的大豆田，他年幼的时代便在大豆田中放风筝，捉田鼠；看春风吹来时，田边奔放出嫩油油的黄色小野花，天永远蓝得透明；风雪来时，他们围在温暖的小火炉边取暖，听着戴毡帽的老祖父一遍又一遍说着永无休止的故事。他的童年里有故事、有风声、有雪色、有贴在门楣上等待新年的红纸，有数不完的在三合屋围成的庭院中追逐不尽的笑语……

“二十四岁那年，俺在田里工作回家，一部军用卡车停在路边，两个中年汉子把我抓到车上，连锄头都来不及放下，俺害怕地哭着，车子往不知名的路上开走……他奶奶的！”老人在车的小窗中看他的故乡远去，远远地去了，那部车丢下他的童年，他的大豆田，还有他老祖父终于休止的故事。他的眼泪落在车板上，四周的人漠然地看着他，一直到他的眼泪流干。下了车，竟是一片大漠黄沙不复记忆。

他辗转地到了海岛，天仍是蓝的，稻子从绿油油的茎中吐出他故乡嫩黄野花的金黄，他穿上戎装，荷枪东奔西走，找不到落脚的地方。“俺是想着故乡的啦！”渐渐地，连故乡都不敢想了，有时梦里活蹦乱跳地跳出故乡，他正在房间里要掀开新娘的盖头，锣声响鼓声闹，“俺以为这一回一定是真的，睁开眼睛还是假的，常常流一身冷汗。”

老人的故乡在酒杯里转来转去，他端起杯来一口仰尽一杯高粱。三十年过去了，“俺的儿子说不定娶媳妇了。”老人走的时候，他的妻正怀着六个月的身孕，烧好晚餐倚在门上等待他回家，他连一声再见都来不及对她说。老人酗酒的习惯便是在想念他的妻到不能自拔的时候弄成的。三十年的戎马真是倥偬，故乡在枪眼中成为一个名词，那个名词简单，简单到没有任何一本书能说完。老人的书才掀开一页，一转身，书不见了，到处都是烽烟，泪眼苍茫。

当我告诉老人，我们是同乡时，他几乎泼翻凑在口上的酒汁，几乎是发疯一般地抓紧我的手，问到故乡的种种情状。“我连大豆田都没有看过。”老人松开手，长叹一声，因为醉酒，眼都红了。

“故乡真不是好东西，看过也发愁，没看过也发愁。”

“故乡是好东西，发愁不是好东西。”我说。

退伍的时候，老人想要找一个工作，他识不得字，只好到处打零工，有一个朋友告诉他：“去吹喇叭吧，很轻松，每天都有人死。”于是他每天拿只喇叭在乐队装着个样子，装着装着，竟也会吹起一些离别伤愁的曲子。在连续不断的骊歌里，老人颤音的乡愁反而被消磨得尽了。每天陪不同的人走进墓地，究竟是什么样的一种滋味呢？老人说是酒的滋味，醉酒吐了一地的滋味，我不敢想。

我们都有些醉了，老人一路上吹着他的喇叭回家，那是凌晨三点至静的台北，偶尔有一辆急驶的汽车呼呼驰过。老人吹奏的骊歌变得特别悠长凄楚，喇叭哇哇的长音在空中流荡，流向一些不知道的虚空。声音在这时是多么无力，很快地被四面八方的夜风吹散。总有一丝要流到故乡去的吧！我想着。

向老人借过伸缩喇叭，我也学他高高把头仰起，喇叭说出一首年轻人正在流行的曲子：

我们隔着迢遥的山河，
去看望祖国的土地，
你用你的足迹，
我用我游子的乡愁，
你对我说，
古老的中国，没有乡愁，
乡愁是给没有家的人，
少年的中国，也没有乡愁，
乡愁是给不回家的人。

老人非常喜欢那首曲子，然后他便在我们步行回他万华住处的路上用心地学着曲子，他的音对了，可是不是吹得太急，就是吹得太缓。我一句句对他解释了那首歌，那歌竟好像是为我和老人写的，他听得出神，使我分不清他的足迹和我的乡愁。老人专注地不断地吹这首曲子，一次比一次温柔，充满感情；他的腮鼓动着，像一只老鸟在巢中无助地鼓动翅翼，声调却正像一首骊歌。等他停的时候，眼里赫然都是泪水，他说："用力太猛了，太猛了。"然后靠在我的肩上呜呜地哭起来。我耳边却在老人的哭声中听到大豆田上呼呼的风声。

我也忘记我们后来怎么走到老人的家门口，他站直立正，万分慎重地对我说：“我再吹一次这首歌，你唱，唱完了，我们就回家。”

唱到“古老的中国没有乡愁，乡愁是给没有家的人，少年的中国也没有乡愁，乡愁是给不回家的人”的时候，我的声音喑哑了，再也唱不下去。我们站在老人的家门口，竟是没有家一样地唱着骊歌，愈唱愈遥远。

我们是真的喝醉了，醉到连想故乡都要掉泪。

老人的心中永远记得他掀开盖头的新娘的面容，而那新娘已是个鬓发飞霜的老太婆了，时光在一次一次的骊歌中走去，冷然无情地走去。

告别老人，我无助软弱地步行回家，我的酒这时全醒了，脑中充塞着中国近代史一页沧桑的伤口，老人是那个伤口凝结成的疤，像吃剩的葡萄藤，五颜六色无助地掉落在万华的一条巷子里。他永远也说不清大豆和历史的关系，他永远也不知道老祖父的骊歌是哪一个乐团吹奏的。故乡真的远了，故乡真的远了吗?

我一直在夜里走到天亮，看到一轮金光乱射的太阳从两幢大楼的夹缝中向天空蹦跃出来，有另一群老人穿着雪白的运动衫在路的一边做早操，到处是人从黎明起开始蠕动的姿势，到处是人们开门拉窗的声音，阳光从每一个窗子射进。

不知道为什么，我老是惦记着老人和他的喇叭，分手以后我再也没有见过他。每次在凌晨的夜里步行，老人的脸与泪便毫不留情地占据我。最坏的是，我醉酒的时候，总要唱起：“我们隔着迢遥的山河，去看望祖国的土地，你用你的足迹，我用我游子的乡愁，你对我说，古老的中国没有乡愁，乡愁是给没有家的人。”然后我知道，可能这一生再也看不到老人了。但是他被卡车载走以后的一段历史却成为我生命的刺青，一针一针地刺出我的血珠来。他的生命是伸缩喇叭凹凹扭扭的最后一个长音。

在冬夜寒冷的街心，我遇见一位喇叭手，春天来了，他还是站在那个寒冷的街心，孤零零地站着，没有形状，却充塞了整条街。

阴阳巷

有一天我到巷口倒垃圾的时候，看到我的房东正在垃圾堆里找东西，我以为他有什么贵重的物品遗失，后来才知道他是翻寻一些旧报纸、硬纸板、酒瓶、宝特瓶，要卖给收破烂的人。他微笑着告诉我："一天可以捡到三十几元呢！"

那是我刚刚租了新居不久，后来我常和房东聊天，才慢慢了解了这位看起来十分贫穷，实际是非常富有的都市乡下人。

房东原来在安和路有一块不小的地，他从小就在那里辛勤地种稻，抚育着几个子女成长，子女长大以后纷纷出国了，只留下这个孤独的老人。都市的脚步有点像汽车疾驶，一路从忠孝东路、仁爱路、信义路、新生南路、复兴南路、敦化南路开过来了，在房地产最旺之时，连安和路的稻田都一日数涨，涨到房东都瞠目结舌的天文数字。时常有土地掮客跑来打他的主意，劝他把土地卖了，可以好好安享晚年。

房东原来还坚持着耕种土地，理由很简单："卖了地要做什么工作呢？"但是由不得他，他的土地四周，一栋栋高楼霸气地围绕起来，到最后，他站在地里几乎已经见不到外界的阳光了，加上稻作一年的辛苦耕耘也快不能维持生计了。

他对我说："我的土地还是不卖，给建筑公司盖房。"根据估计，房东的土地可以盖两栋七层的大楼，每层四间，共二十八户，他独独分到一栋楼的三层，总共六户。这些楼房目前的售价，一户是三百万左右，也就是说，他的不动产将近二千万元。

我去租房子的时候，很不能相信眼前这位穿旧衣、趿拖鞋的老头儿是这大楼一半的主人，他把房子全租给别人，每户一万五左右，每个月的收入近十万元。

我们的房东并不住在自己的新房子里，而是每月花二千元在大楼对面租了一间低矮的平房，内部黝黝暗暗，大约只有五坪大。我原先以为他不习惯住大厦，后来才知道是为了省钱，他说："我只有一个人，住这样的房子足够了。"

更妙的是，我们几家住户为了安全起见，想要请一个大楼管理员，这事被房东知道了，他不允，原因到后来我们才知道，是他自己想当管理员。"这楼有一半是我的，当然由我自己当管理员。"于是，这位"当然管理员"自定管理费，举凡大楼的清洁、公共电费、更换抽水马达，全是他一手包办，从不经过住户同意，先执行以后再来收费，住户虽有怨言，也懒得与他争辩，因为他最后总是说："这大楼有一半是我的。"

房东先生在日据时代没有机会受教育，除了算钱方面非常清楚，其他大字一个不识。有一天他来我家敲门，说要请我帮忙，支支吾吾半天才搞清楚，他要请我帮他写一级贫民的申请书，他不知从哪里听说，没有职业的人，可以申请市政府的社会补助。我听了不免大笑，对他说："如果你也算是一级贫民，那我们都要到街上去当乞丐了。"他才打消了做一级贫民的念头。

说起来，我们的房东并没有错，而是我们的社会突然之间转变得快速，令他无以适应，由于五六十年俭省的生活，要说他舍不得花钱也不尽然，有时是无从用起。他失去了土地，每天仿若游魂一样在垃圾堆里捡拾可出售的字纸，到了夜里，则自己搬一张椅子坐在幽黝的马路旁边挥着纸扇，尤其是夏天，他时常呆坐一夜。有时我夜里回家，看到角落里又瘦又长的一具黑影，竟如同翻开一张上一个时代的老相簿，看到一个时代的流光余影。

房东的房东，则是比房东贫穷的一家，才从乡下搬迁来都市不久的农人。他们花月租五千元租到一个平房，大约有三十坪大小，本来一家祖孙三代人口住起来已经勉强，为了俭省，硬是划出五坪来租给我的房东。

这家人原在嘉义务农，因农村生活不易，才来都市谋生，他们姓简，简单的简。简老先生仗着自己和儿子在农田锻炼的强健体魄，到都市新建大楼的工地游牧似的打着零工，生活对他们仍是艰困的，因此不得不叫老伴和媳妇夜里到通化街上卖沙茶牛肉。白日里，那勤勉的媳妇则为人洗涤衣裳，我们附近的大楼，所有家庭的衣服全由他的媳妇收洗。

每天早晨，简老先生和儿子出门上工地，简老太太开始把砧板、椅子搬到门口的马路边，将一大块一大块的牛肉切成细片，并且熟练地切着成捆成捆的菠菜，以及剁碎辣椒、葱蒜，等等。她的媳妇则就着水龙头洗着堆积如山的衣服，四个儿女则在附近的停车场玩耍，是一幅都市角落里真实生活的图绘。

夜间，简老先生和儿子下工回来，一家人推着摊车到通化街去，要忙到深宵才回来。他们在那样坚强沉默地生活着，常常几天里听不见一家人说一句话，尤其是那个年轻的媳妇令我印象最深刻。她早上洗衣，下午帮婆婆准备牛肉摊子的事，晚上则在摊边掌厨；她只有一只眼睛，皮肤红里泛黑，是典型的农村壮妇。每次看到她的辛劳，我总感觉到自己的卑微，深知许多小人物的伟大是不用一言就散发出来的。

有时候，媳妇把衣服送来我家，随便坐坐，也会逗我们的孩子玩耍，她会在无意间谈起他们的乡间生活，一家人贫穷而安详的过去。有一回谈着谈着竟落了泪，不是因为不能适应都市，而是说道："我们一家人在乡下，因为耕田的缘故，根本是不吃牛肉的，没想到来了台北，却靠卖牛肉为生，我担家（公公）常为这事而痛心。"忍不住泪就糊了眼睛。

那时从一个儿媳妇的口中，我真体会到曾在乡下疼惜过耕牛的老人，如今却卖起牛肉的心情。

她的先生是几年来仿佛没有开过口的，中年有力气的身躯，放工的时候则蹲在门口一口一口地吞吐着香烟，他蹲踞的姿势还是非常乡间的，就像围在庙口蹲在地上和人下象棋的样子，只是眼前没有象棋，而村人与庙则在他的烟里，升进屋顶的一角。

偶尔打起自己的孩子像泄气，一个巴掌五条红印，我在都市就没有见人那样的打过孩子，他是那种爱着孩子也不能表达的人。有一次看他打得孩子号啕，自己就在墙角揉着眼睛，原因后来他的太太才告诉我："他是气孩子，不像在乡下那样单纯了。"

我想，他如果用乡下的标准来看这个变动的城市，来衡量自己的孩子，他恐怕永远要蹲在门口沉默地抽烟了。

在我们的巷口另有一间小屋，由于它的土地太小又呈不规则的三角形，所以不能像一般的土地盖起大楼。屋中住了一家四口，以洗车为业，家长是退伍军人，显然与妻子的年龄相差不少，一对儿女各在中学小学就读。他们每天天不亮时就沿着整条街洗过来，儿女一起帮忙，一直工作到天亮，小孩子去上学，父母则继续在小屋门口洗那些零星的车，直到天黑才收起水桶回家。

不要小看这洗车的行业，有一次家长告诉我，他们辛苦工作，一家人合起来也有五万元收入，远远超过一般的职员，他感叹地说："有车子的人自己都是不洗车的。"过了几年，他们搬迁新家，就住在街对角的大楼里，全是洗车钱买下来的，那里的地价一坪接近九万，可是他们每天还是出来洗车，工作是那样辛劳，但想起他们得到的回报，使我觉得在这寂寞都市中，还有很多充满热力工作着的人。

对于住在我家附近，生活劳苦卑微的人，我有较多的了解，但与我住在同一大楼里的人家，我就所知很少了，住了四年多，我只认识了三户。原因很简单，因为大家每天都大门深锁，偶尔见面是招呼都不打的，反而不如住在平房的人那么亲切。

我认识的第一个邻居，是住在我对门的夫妇，到现在我还不清楚他们的职业。只见邻人太太每天牵着北京狗在附近散步，不管什么时候她都是盛装的，脸上整洁、衣着光鲜，仿佛随时准备赴宴，他们夫妻还算亲切，但是问起在何处工作则全是神秘地笑笑。

我想他们不论做何工作，麻将一定是他们的副业，一年三百六十五天，几乎有三百六十天隔壁会传来吵人的麻将声，夜里固然是打麻将的好时间，常常清晨或中午也是麻将声不断。他们的牌搭都是陌生的面孔，川流不息，一个家庭打麻将到这种地步，还是我所仅见。

深夜工作时，听到隔墙传来的麻将声，我总为这整个都市深深地悲哀。难道除了麻将，没有别的事可以做了吗？问题是，我从来不知道他们除了麻将还有什么别的事，也许，将来也不会知道。

住在我楼上的一位歌星，是我住了两年才知道。我过去总为楼上的弦歌不断感到纳闷，以为住了一位热衷于歌唱的少女。夜里独坐阳台就如同在欣赏流行歌的表演，唯一不同的是，这表演一再重复，有时一首歌唱了百次。

有一回看完周末下午无聊的电视综艺节目，坐电梯时才赫然看见楼上的少女，她的脸孔是在刚刚的电视里看见的，这时才知道她是一位歌星，而且名气还不算小。

“刚刚在电视上看见你唱歌，你的歌唱得不错。”我说。

她嫣然地笑起来，颇以能被邻人认出而高兴的样子，我们就是这样认识的。

和一般的歌星相同，她的脸时常都是五彩缤纷，像是刚从舞台归来，或正要上台的样子，身上的香水足以令意志薄弱的人窒息——我每次独坐电梯闻到浓浓的香水味，就知道我的歌星邻居刚刚出门了。

歌星开着一部深蓝色的宝马大轿车，她的作息时间不定，唯一知道的是她每天练歌不辍。听说她来自东部一个偏远的乡下（是在报纸上知道的），已经在这个复杂的圈子里唱了十几年了，报纸上还刊出她刚出道不久时清纯的相片，那张相片与现在的样子简直无法联想了。

看到歌星，我脑子里就浮起无以数计的乡下少女，她们做着明星的美梦，依据着电影来改变自己，脸上的化妆和电视上一样，身上的衣服依据电视剪裁，甚而一举手一投足全是模仿着电视，有一天，她终于上了电视，就和原来的自己远远不同了，我的邻居歌星算是幸运的，虽然没有机会出唱片，没有机会成为红的歌星，或没有自己的歌，但听说她也是秀约不断的能在灯红酒绿的舞台上演唱了。

第三户我认识的邻居最近搬走了。他原来是一个房地产公司的老板，每天西装革履，开着一部意大利的法拉利跑车，是白色的，车身上还喷了一只振翅的老鹰，和他的人一样地飞扬。前几年房地产好的时候，他拥有不少房子，也挣了很多钱，不知道为什么，短短一年不但钱赔光了，房子让给别人，连唯一的住家也廉价卖掉，不知搬往何方。

我大楼的邻人们是目前典型的台北人，他们打一圈麻将，踩一下油门，唱一首歌，可能是住在对门矮房子的邻居苦苦工作一个月的代价。那些矮屋中的人是“都市的乡下人”，他们住在都市，心情还是乡间的，甚至生活方式也简单一如乡下。大家住在同一个巷子里，生活却天差地别，我有时很能体会对面坐在阴暗角落的邻人们生活的实质，有时又仿佛知道住在大楼中的人生活的无奈。

如果我们愿意留心，在这个都会中，到处都是“阴阳巷”，都是与生活挣扎搏斗的痕迹。走在都市里其实像走在一本书架上的相簿里，有时是黑白的，翻了几页突然看到一页彩色，黑白自有其美，彩色也有虚妄的一面。

问题是，黑白页里的人往往向往着彩色，而有了彩色的人又都忘记了他们黑白照片中的一段日子。

这是台北，而且是一九八四年的台北。

奥威尔正躲在一个黑暗的地方，冷冷地微笑。

黄金鼠

在饶河街夜市，看到一只黄金鼠，全身长着拖地的长毛，背的部分是金黄色，尾端是银白色。它的长毛中分，一丝不乱，显然被仔细地梳理过。

那只金银两色的黄金鼠，引起逛夜市人群的围观，大部分的人议论纷纷："从来没有见过这样美丽的老鼠呀！"当大家看到它竟然可以把食物藏在腮边，还可以自己洗脸，清洗长毛的时候，更是忍不住惊叹。

根据卖黄金鼠的小贩说，黄金鼠多是短毛的，原产于欧洲，性情乖顺，一般的黄金鼠是灰色或土色，他说："从中古世纪以来，黄金鼠就是欧洲贵族的宠物，现在则是台北人最时髦的宠物。"

他轻轻抓起那金银两色的黄金鼠，说："这一只更是稀有、名贵，这是变种的黄金鼠，才会有长毛，还有两种最珍贵的颜色呀！"

有人问说："这一只要卖多少钱呢？"

小贩笑着说："一只才一千八百元。"

"太贵了，哪有老鼠卖这么贵的。"问的人摇摇头，走了。

"这个价钱很公道，因为真的是很稀罕，很稀罕呀！"小贩对围观的人说。

"一千八百元？"站在一旁的我，也以为是听错，又问了一次。

"是，才一千八百元。"小贩加强语气说，"你要买便宜的也有呢，这个箱子里的每只一百五十元，那个箱子里小一点的，一只一百元。"

我仍然感到吃惊，眼前这只稀罕的黄金鼠虽是变种，又是长毛，也仍然是一只老鼠，一只老鼠卖到一千八，在我的想象中是不可思议的。

我走过黄金鼠的摊位，隔壁正好是卖大陆陶瓷的摊位，一个米粒烧的瓷杯卖二十元，一个很好的宜兴陶壶卖五百元。看着这些来自彼岸的物品，使我想起一只长毛黄金鼠的价格，正好是三百六十元人民币，很多大陆人工作两个月的薪资，还比不上一只老鼠的价钱。这样想，使我感到一种幽微的痛心。住在台湾的人，玩狗、玩鸟、玩猫之不足，玩红龙、玩娃娃鱼，现在竟可以花一千八百元买一只老鼠了。

几天前看报纸，知道台北的宠物店无奇不有，鳄蜥与变色龙一只要价七千元以上。甚至有人进口青蛙当宠物，小丑蛙一只两千五百元，绿树蛙七百元，最普通的红肚青蛙，一只也要卖四百元。我不能了解为什么有人要花昂贵的价钱养这些野生动物当宠物，是为了时髦、好奇或是无事可做呢?

正在这样想，已经不知不觉走到夜市的尽头，看到有一堆垃圾，周围有两三只狗、四五只猫正在觅食垃圾里的食物。我在旁边仔细地观察着它们。狗是比较无觉的，对于我的注视浑然无知，或者说是懒得理睬。但敏感的猫很快就察觉到，警觉地抬起头来瞄我许久，发现我并没有要赶跑它们的意图，便继续埋首吃垃圾了。

其中有一只，外形特别美丽的，看了我一眼，立刻有些羞赧地跳下垃圾堆，它那跃下来时优雅与敏捷的动作似曾相识。呀！竟是我从前饲养过的那种白色长毛的波斯猫。

我不敢确定波斯猫也会流落到垃圾堆捡食物，不敢确定被称为“白猫王子”的波斯猫竟没有疼惜它的主人，于是跟随它走了一段路，直到灯光灿亮的路灯下才敢确定，没有错！是一只波斯猫！

是因为年纪老了？或者因为生病了？或者，是走失了？抑或是，主人养腻了？这纯种、有着美丽白毛的波斯猫，竟被它的主人弃养，沦落成为街头流浪的野猫。当我思维的时候，白猫垃圾王子，迅速越过街道，消失在对街黑暗的小巷之中。

人间的是非正是如此难以评断，长毛的黄金鼠以一只一千八百元的价格被当成稀有的宠物；一向被当成宠物的波斯猫，流落在夜市的垃圾中寻找食物，这种相反的生命情境，使我有一种深刻的荒谬之感。

猫鼠原没有固定的价值，只是由于人的好恶而显出贵贱，当一只优雅的波斯猫在垃圾中寻找食物，它的内心是不是也有如是的感叹呢？

当然，我并没有资格评定动物的贵贱，只是我知道，不管面对什么动物，我们都要有珍惜的心，我相信，不能爱惜猫的人绝对无法疼惜一只老鼠；我也确信，不能爱惜田间青蛙与蜥蜴的人，也绝不可能对变色龙或小丑蛙有真爱的心。

即使不是宠物，像提供我们食物的牛羊鸡鸭，不断地奉献生命，死而后已，我们的心里可曾有一丝疼惜与感念呢？

当我们买一千八百元的老鼠之际，我们是真爱那只老鼠，还是重视那个价钱？如果长毛黄金鼠一只十八元，我们还会宠爱它吗？当我们花两千五百元买一只青蛙的时候，是因为价钱而重视青蛙，还是真爱一只青蛙呢？如果真爱青蛙，市场里多得是，一斤才四十元呀！

在人世里，我们重视一个人不也如此吗？往往重视的是附加在人身上的名利、权位，甚至衣服，只有一个人能看透外在的虚妄，进入内在的照见与品质，才是真正的智者呀！

蜜事

大岗山是佛教圣地，有许多雄伟的佛寺。大岗山也种了许多水果，尤以荔枝、龙眼最多，所以它也是有名的水果产地。

但它最有名的不是佛寺，也不是水果，而是蜂蜜。大岗山所出产的蜂蜜，因为是由龙眼与荔枝花所酿成，又生产于最炎热的夏季，格外地清凉芳醇，不仅名于邻近地区，甚至闻名国外。

大岗山的荔枝蜜、龙眼蜜的闻名带来的第一个影响，就是附近地区所有的蜜，全部标上大岗山蜂蜜的名号出售。有时还把外地的蜜运到山上去贩售，以补山上蜂蜜生产的不足。时间一久，大家都不知道哪些蜂蜜才是真正大岗山的蜂蜜。

第二个影响，是大岗山上的养蜂户，在没有花期的时候，或者开花不盛的时候，就用糖水来喂养蜜蜂，蜜蜂用糖水来酿蜜，过程没有什么不同，但风味却大为不同了。这样久了以后，大岗山蜂蜜的名声就一日不如一日了，观光客到大岗山也不爱买蜜了。因为既怕买到外地来冒名的蜂蜜，又怕买到本地用糖水做成的蜂蜜，只好不买。最后大岗山的蜂蜜落得和别地的蜂蜜没有什么两样，即使是最好的龙眼花酿成的蜜，也显不出它的芳香了。

这是“劣币驱逐良币”“恶紫夺朱”最好的例子，也是人因为贪心而自贬身价的典型。

糖水做成的蜜有什么不对吗？蜜蜂自己也认为它是蜜才努力酿出来呀！养蜂的

人也认为它是蜜，因为它是蜜蜂所造出来的呀！喝的人也分不清楚它是不是蜜。它有了蜜的形式，却没有蜜的内容；它有了蜜的结果，却没有蜜的过程。

说它是蜜，它就是蜜，因为它为蜂所造。

说它不是蜜，它就不是蜜，因为它不是百花所酿。

它是人的贪念以蜜蜂为工具而成的似是而非的东西。

任何纯粹的东西也像这样，加上人的贪念就似是而非了。

蜜的事也是这世界上所有事的缩影，一切的败坏，最可怕的不是恶事，因为恶事我们会防御、会反抗；最可怕的是似是而非，好坏不分——这才是世界败坏的主因。

你的环境并不能决定你的未来，
你的过程也不能决定你的未来，
而是你的心的向往决定了你的未来。

跋　苹果落下的时候

坐在康桥的小舢板，顺着康河往下流去。河水平缓无波，凉风习习，在高大的柳树荫下，盛暑的酷热，仿佛也被凉风吹散了。我和妻子牵着小女儿，沉默着，感受康河上吹抚的诗意，诗意与清风仿佛使整个康桥都安静了。

那在三一学院读书课余在康河打划船的船夫，突然用浓重的英国腔的英语打破了沉默。

“来康河划船的中国人比英国人还多。”

为什么？

“因为有一个中国诗人写了一首诗《再别康桥》，人人都读过呀！”

我们听了，都笑了！

徐志摩写了一首诗，几乎在中国无人不晓，以至在剑桥大学里一条寻常的小河，竟成为一条浪漫的大河。

徐志摩在剑桥读书的时间不长，甚至没有得到学位，在学术上也没有什么贡献，这首小诗竟流传近百年，不只流传在中国，在剑桥的校园书店，也有译成英文的徐志摩的诗集，并详详细细地介绍了他在剑桥读书的点滴。

我对小女儿说起，四十年前我到剑桥的情景，当时就是受到徐志摩诗的召唤。

那时候旅行不便，先是坐飞机到新加坡，再转飞巴黎，再渡轮到英伦，到了剑桥已经过了两天一夜。为了一丝文学的浪漫，奔行千万里，诗性的互换，文学的感召，力量是难以估计的。

爸爸不会再有下一个四十年了，这两次来剑桥，于心足矣！我对女儿说。

正说的时候，上游划来一艘大船，船上的人正合唱一首歌，歌声优美动人，原来是一个中国旅行团，歌声随河水飘动：轻轻的，我走了，正如我轻轻的来，我挥一挥衣袖，不带走一片云彩。

苹果树一再地荣枯

四十年有什么不同呀？女儿问我。我以剑桥校园的那棵苹果树为例。

那棵苹果树正是牛顿发现地心引力的苹果树，但是，原来的树早就不在了，更不可能有苹果了。

苹果树原址的苹果树，早就死去很多次了，因为全世界来瞻仰触摸的人太多了，几年就会枯死，一再地荣枯，从牛顿之后，再也没有结过苹果了！

现在种在原址的苹果树，还不满五岁，只有一个人高。人人都知道那不是牛顿生前的那一棵，但全世界的人还是蜂拥到剑桥大学，瞻仰这棵神奇的苹果树，缅怀伟大的心灵。

我对女儿说：故事比现实更久远，心灵比现象更有力量！

我的书就是我的路

苹果树虽有荣有枯，但剑桥大学的建筑并没有什么变化。

曲折穿梭的石板路，晦涩的石砖墙，优雅的三一学院，庄严的国王学院，巍峨的大教堂，以及教堂边随意的露天咖啡座，处处都是英气焕发的俊男美女……

变得最多的是通到公车的那条大街，四十年前，两边都是古典的灰墙，现在是世界名店的展示区了，全世界的名牌都可以在这里找到！如果把一个人的脸蒙住，将他空投到剑桥的大街，当他开眼的时候，会以为是在伦敦的时尚中心，而难以置信自己是在剑桥大学！

学术与时尚的界限正在消失，这是幸？还是不幸呢？

我在剑桥大学读了一阵子书，或者我在剑桥大学买了一双克拉克，走了很长的路。或者，两个都相通，读万卷书，行万里路，我的书就是我的路，路就是书，在我童年时候，就立志走遍世界，远方总是呼唤着我。在我少年时期，就立志博览群书，深信书中必有我的道路。

过了六十岁，才猛然一悟，对出身贫寒的孩子，书就是最好的路，对想刻画人生的孩子，路就是最好的书。我的前半生，就是读书和行路。

没有冷气的希尔顿

离开英国后，我去了法国，又去了日本，又走过许多国家和地区。

许多地方，不止四十年，甚至四百年都没有改建过，像伦敦、巴黎、京都、罗马……为了保有文化、时间和历史，整个最繁华的街区，还保存四百年前的样子。我在巴黎住的希尔顿饭店，甚至未设电梯和冷气。

电梯也就算了，先天没有冷气实在热得难受，向酒店抗议，大堂经理说：不吹冷气，有益健康，我们这一区没有装冷气的店！你要吹冷气，必须去住另一区！

在最爱改建的中国人看来，简直是匪夷所思，在以为新建筑就是进步的亚洲人眼中，这真是傻里傻气了！

一生从容余老师

世界绕了一圈回来，突然听到了余光中老师去世了，使我内心震动不已。好像不久前才参加了他九十岁的寿筵，突然化成了云烟。

我和余光中老师结缘在一九七二年，我参加雾社文艺营，他是我的指导老师，屈指一算，已经四十六年。此期间，几乎每年的文学活动，都会见面三四次，余老师总是文质彬彬，遇到任何问题都会细心地指导我，就像我还是他的文艺营的学生。

三十年前，我到香港演讲，余老师还亲自用车载我，并带我到太平山去看山看云。回台北后，我以他为主角写了《迷路的云》，这篇文章得到了时报文学奖首奖和“国家文艺奖”。

余老师是我仅见的君子，不疾不徐，一生从容，我从小就想成为像他的作家，小学时代就常把他的诗刻在桌子上，记不清多少次被老师罚站，我就面对墙壁背诵他的诗。

一直觉得他会永远活着……

那时代唯一的大山

余老师性情温和，几乎未曾与人结怨。

骂他的人很少，骂得最凶的是李敖。没有想到过不多久，李敖也走了。

我和李敖结缘也有四十年了。

四十年前我在《中国时报》副刊工作，当时的主编高信疆邀李敖写专栏《独白下的传统》，经常叫我到金兰大厦的李敖书房拿稿，我因为经常去，就和李敖，和他当时的女朋友刘会云相熟，成为好友。

他自己不喝茶，也不喝酒，但每次都会拿最好的酒，最好的茶请我，喝不完的还叫我带回家。因此，我常坐在他的书房自斟自饮，他也不管我，自顾自地写作。

有一次，我喝了整瓶白兰地，他看我醉了，驾着他那台八千CC的凯迪拉克载我回家，一路上还开玩笑说真是赔了夫人又折兵，一瓶白兰地价值两百美金，踩一次油门十元台币！他送我到我租住的公寓，车子太大，差一点进不了巷子。他扶我上楼，才知道我家徒四壁，连一台电扇都没有，甚至连一具电话也没有。

敖哥拼命摇头："你是名记者！连电话都没有，太不像话了！"

他不知道，我一个月的薪水是四千五百元，装一具电话要一万七千元，加上拉电话线共九千元，加一加是二万六千元，正好是我半年的薪水。

万万没想到，第二天他就招人来帮我装电话，并送我一台电扇。我感动得涕泪交流。

不久后大画家张义雄送我一幅油画，价值百万，我把它送给了李敖大哥，答谢他义助电话，他也欣然接受了。我知道，他对我的看重与疼惜，是金钱无法衡量的！

他还开车送一套《李敖全集》给我，自赞：比张义雄的画值钱。

他和胡因梦结婚，第一篇报道就是我写的，后来，受到广泛的引用。

他第二次坐牢的时候，全台湾的知识分子噤声，只有我写了一万多字的长文《我所认识的李敖》为他声援。这篇文章后来收到浙江文艺出版社的《林清玄散文选》，应是在大陆最早的介绍李敖的文章，不出几年，李敖就广为人知了。

他在坐牢的时候，听说我到欧洲采访，担心我出门太久，被断水电，还请刘会云帮我跑腿缴水电费，李敖待人的贴心与细致，超过一般人的想象。

我的恩师高信疆先生，生前常对我说："这个时代的知识分子，我最佩服李敖，他是唯一的一座大山！"高信疆为了力挺李敖，刊登了许多李敖的文章，为当局所不喜，最后被强迫到美国流放。那个时代的自由与渴望，随着李敖再度入监，高信疆漂泊在美利坚，我被撤职去跑鸡蛋和沙拉油的新闻而烟消云散了。

回想李敖大哥的幽默与勇气，痛快与温情，正如在他家喝的好酒，使我双眼迷离，心情迷茫了。

一整个时代，隐遁了

李敖过世的隔天，洛夫也走了。

洛夫是另一种诗人，他的诗情诗意总带着魔幻的气质，他的人却带着军人一样的正气。他从军职退休到隐居加拿大之前，我们经常在李锡奇和古月家聚会。

李锡奇是画家，有许多"东方画会"和"五月画会"的朋友，古月是诗人，有许多“蓝星诗社”“现代诗社”“创世纪诗社”的朋友。夫妻俩都热情好客，每星期邀朋友聚会，一拨是画家，另一拨是诗人。我和两拨人都谈得来，几乎每次都参加。当时响当当的诗人洛夫、楚戈、痖弦、管管、罗门、蓉子、郑愁予、张默、商禽、向明……后来，都成为朋友。

那个年代的诗人，都是天真、狂放、有才情，喝了几杯酒，就会唱歌、吟诗、写书法，各个都有几把刷子。

凡是诗人，多少有怪癖。洛夫是少数含蓄、安静、沉默的诗人，他惯常倾听别人说话，偶尔讲一两句，听起来就像是在诵诗。

凡是诗人，常多情浪漫。洛夫是少见专情的诗人，记忆里，他永远带着夫人，别人吹嘘风流韵事时，他总是微笑着。他的笑神秘而深笃，每一个嘴角的弧度都在同一个位置。他偶尔会表演书法，他的字介于行草之间，自在、悠游、潇洒……

后来，他与痖弦同时归隐加拿大，当时就已经宣告，台湾的诗稿又翻过一页了！

一个永恒的苹果

我何其有幸，在青年时代就与这些大作家交会。

他们一辈子都在文字悠游，写到最后一刻，洛夫写到九十一岁，余光中写到九十岁，李敖写到八十三岁……

文学穿越他们的人生，文学也浸透他们的岁月，我深深相信，文学是他们的山河岁月，比他们的生命更长远，典型在宿昔，古道照颜色！

天上没有不消失的彩虹，人间没有不散场的聚会，纵使是最有才华的诗人作家，也敌不过时间之流。但诗人作家比一般人幸运，它们留下了作品，使我们更广大深刻，从他们的书中，我们看见了更长远的路。

因缘正是如此散灭的，一颗苹果不知何时会落下，不知会落在谁的头上，不知会有多大的威力！只要落得即时，就会成为永远的苹果。

一首诗，一个观点，一篇文章也是这样，斯人已远，却化成永恒！

林清玄　二〇一八年春天　台北清淳斋

附录 不怕人生的转弯

有一次我到成都去演讲，结果要上台的时候碰到一个女生，长得很漂亮，跑过来拉我的袖子，然后塞给我一封粉红色的信，我看了心怦怦跳，这应该是一封情书吧。回到饭店一看，她说，我从小就读你的文章，非常敬仰你，没想到今天看到你，很像周星驰电影里的“火云邪神”，真是相见不如怀念啊。在饭店里给她回了一封信，我说相见也美，怀念也美，你长什么样子一点都不重要，重要的是你的头皮里面的东西，如果你有东西，那你就可以活得很开心，你就可以活得很自在，活得很有智慧。

你的环境并不能决定你的未来，你的过程也不能决定你的未来，而是你的心的向往决定了你的未来。

我小时候那么穷，可是我八岁的时候就立志将来要当一个成功的、杰出的、伟大的作家。自己每天鼓舞自己。有一天我的父亲说十二啊，你长大以后要干什么？我说我长大以后要当作家，写文章给人家看。他说作家是在干什么的？我说作家就是坐下来，字写一写寄出去，人家钱就会寄来。我爸爸很生气，当场给我一巴掌：“傻孩子，这个世界上哪有那么好的事情，如果有那么好的事情，我自己就先去干了，不会轮到你！”在我居住的地方，三百年来没有出现过一个作家，一个小孩子突然想要当一个作家，这是很奇特的事情，没有人相信，也没有人认为这是可以成功的。唯一了解我的就是我的母亲。我的母亲一直相信我长大会变成一个作家，所以她很关心我的写作事业。我在小的时候，经常蹲在那个我们拜祖先的那个桌子前面写作，因为我们家只有一张桌子，我的母亲不时就会倒水进来给我，然后问我，我看你整天都在写，你是在写辛酸的（故事），还是在写趣味的（故事）？我就说辛酸的也写一点，趣味的也写一点。我的母亲就说，辛酸的少写一点，趣味的多写一点，人家要来读你的文章，是希望在你的文章里面得到启发，得到安慰，得到智慧，而不是说读了你的文章以后立刻跑到窗口跳下去，那这个文章就没有意义。我就问她说，那如果碰到辛酸的事情怎么办？我母亲说，碰到辛酸的事情，棉被盖起来哭一哭就好了。这个影响了我后来的写作，我写的都是非常优美（的文章），所以读我的文章没有负担，而且不会让你变坏。

另外一个梦想，就是希望长大以后有一天去环游世界，大人也觉得是不可能，因为连买车票到隔壁的村庄都没有钱。有一天我考试得了第一名，我的老师送给我一本世界地图，那一天很不幸的是冬天，轮到我给家里的人烧热水洗澡，我们家是用很大的锅炉烧热水洗澡，我就蹲在那锅炉前面，一边烧水一边看世界地图。一打开，是埃及的地图，长大以后一定要去埃及，埃及有尼罗河，有亚斯文水坝，有金字塔，有狮身人面，多么浪漫的地方，最重要的还有美丽的埃及艳后，长大以后一定要去埃及。正在沉醉的时候，突然听到一个人打开浴室的门，冲了出来，是我的爸爸，身上只披了一条毛巾："你在干什么！"我说我在看地图。"看什么地图！"我说看埃及的地图，他就走过来给我一巴掌："火都熄了看什么地图！"不但打了一巴掌，还踢我一脚，把我踢到火炉旁边说："继续生火。"然后就转头走回浴室，走到浴室的时候就转过身来，然后就跟我说，我用我的生命给你保证，你这一辈子绝对不可能去到那么远的地方。我一边烧火一边流眼泪，我就对自己说，我的生命不可以被保证，即使是我的父亲也不行。我长大以后一定要去埃及。我在二十几岁的时候离开台湾，第一个去的地方就是埃及。当我要去埃及的时候，我的朋友都问我说，你干吗去埃及啊？我说因为我的生命不要被保证，所以我要去埃及。我就跑到埃及旅行了三个月，有一天跑到金字塔的前面，写信给我的爸爸：亲爱的爸爸，记得小时候，你曾经打我一巴掌，踢我一脚，保证过这辈子绝对不可能来到这么远的地方，现在我就坐在埃及的金字塔下面给你写信。看着夕阳，夕阳前面的骆驼，眼泪就啪啦啪啦全部流下来。写了这个明信片寄回台湾，听我妈妈的转述，爸爸一边看明信片一边说，这是哪一巴掌打的，一巴掌打到埃及去了。

第三个愿望，我希望找到一个身心灵都相契的伴侣，来做自己的妻子。为什么会有这样的想法，因为我在初中一年级的时候，有一天跟着七个同学一起跑到戏院去，看一部电影叫作《罗马假日》，里面有一个女主角叫作奥黛丽·赫本，长得真美，又优雅，又有气质，又脱俗。我们看完电影以后，八个人站在戏院前面，手牵手发誓，将来长大一定要娶一个"奥黛丽·赫本"做妻子，如果娶不到奥黛丽·赫本，就誓不为人。经过几十年以后，我们在乡下举办一个同学会，大家都带自己的太太来参加，吃饭吃到一半，我站起来放眼望去，只有一个人的太太长得像奥黛丽·赫本，就是我太太。所以你在人生最早萌芽的时候，你的坚持是非常重要的，这种坚持可以决定你的方向，你要往什么地方去走。

——节选自林清玄在CCTV《开讲啦》中的演讲稿

图书在版编目（CIP）数据

人生不乐复何如 / 林清玄著. -- 北京 : 北京时代华文书局, 2018.3
ISBN 978-7-5699-2038-3

Ⅰ. ①人… Ⅱ. ①林… Ⅲ. ①散文集－中国－当代 Ⅳ. ①I267

中国版本图书馆CIP数据核字（2017）第314806号

北京市版权局著作权合同登记号 图字：01-2017-1894

本著作物经北京阅享国际文化传媒有限公司代理，由九歌出版社有限公司授权，在中国大陆出版、发行中文简体字版本。

人生不乐复何如

RENSHENG BULE FU HERU

著　　者 | 林清玄

出 版 人 | 王训海
选题策划 | 陈丽杰
责任编辑 | 陈丽杰　薛　钰
封面设计 | 熊琼 | 云中 YUNyard Workshop　刘　清
版式设计 | 段文辉
插画作者 | 王晓林
责任印制 | 刘　银

出版发行 | 北京时代华文书局 http://www.bjsdsj.com.cn
北京市东城区安定门外大街138号皇城国际大厦A座8楼
邮编：100011　电话：010-64267955　64267677
印　　刷 | 固安县京平诚乾印刷有限公司　电话：0316-6170166
（如发现印装质量问题，请与印刷厂联系调换）
开　　本 | 787mm×1092mm　1/16　印　　张 | 15.5　字　　数 | 220千字
版　　次 | 2018年6月第1版　印　　次 | 2019年4月第2次印刷
书　　号 | ISBN 978-7-5699-2038-3
定　　价 | 46.00元